KB157810

한국 희곡 명작선 54

삼강주막에서

한국 희곡 명작선 54

삼강주막에서

김영무

평민사

심령무

삼강주막에서

등장인물

상주댁(1920년 생) - 56세
주모(1900년 생) - 76세
조지애(1944년생) - 31세

때

1976년 경

곳

경북 예천군 풍양면에 있는 삼강 나루터

무대

연극의 주 무대는 삼강 주막의 대청마루가 된다.
무대 중앙에 설정된 대청마루 왼편은 부엌이고 오른편은 건넌방
이다. 그리하여 얼핏 보면 3칸 초가집의 형태인데, 대청마루에서
무대 뒤편으로 안방이 연결되어 있고 미닫이문으로 출입이 가능
하게 되어 있어, 관객들로 하여금 3칸 초가집 두 채가 맞붙어 있
는 형상임을 연상 시켜 주기도 한다.
부엌의 출입구에는 널판자 문이 매달려 있기도 하고, 건넌방에도
관객들이 정면에서 볼 수 있는 방문이 닫혀 있다.

작품 개요

|집필 의도| 질경이 같은 여인의 초상

2010년 7월 어느 날. 어느 대학 연극영화과 모 교수가 어떤 지자체장과 연극 기획적 협의가 진행 중이라며, '삼강주막'을 나에게 소개하면서, "그 주막을 소재로 희곡 한 편을 집필할 수가 없겠느냐"는 말을 했다. 이를테면 나더러 자료를 섭렵해 본 다음, 가능하다면 시놉시스를 만들어 달라는 청탁이었다.

'삼강주막'의 내력은 대략 다음과 같은 내용이었다.

경북 예천군 풍양면 삼강리는 '세 줄기의 강이 만난다'는 뜻을 지닌 지명(地名)이었다. 이를테면 태백산골 황지에서 발원한 낙동강이 안동과 여천을 지나 그곳으로 흘러오고, 금천이 문경 고을의 물을 그곳으로 몰아오며, 내성천이 풍양면에서 봉화와 영주 땅의 물을 몰아 그곳으로 흘러와 합류를 하는 것이었다.

그리고 옛날에는 소금을 싣고 낙동강을 오르내리던 나룻배들이 대개 그곳 삼강리에서 하룻밤을 묵게 되어 있어, 삼강리 나루터에는 주막(酒幕)과 여인숙들이 모여 있기도 했었다. 그런데 그 주막의 형태가 '사방으로 통하는 문이 네 개가 달린 부엌'이란 특징 등을 갖추고 있어 현재는 예천군 민속자료 134호로 지정되어 있기도 하다.

1900년경에 세워졌던 그곳의 주막은 1934년의 갑을 대홍수에 의해 사라진 적도 있었으나, 다시 복원되었고, 그리하여 조선시대 마지막 주막으로 그 역사성을 공인 받기에 이르렀다. 뿐만 아니라 규모는 비록 작지만 그 기능면에서 충실한 집약적 평면구성의 특징을 보여주고 있어 건축사의 자료로서도 희소가치가 큰 것으로 알려지기도 했다.

다른 한편 1930년대부터 그 주막을 운영해 왔던 유연옥 할머니는 1970년대를 맞아 내성천을 가로지르는 다리가 준공됨으로 해서 영업이 부진했음에도 불구하고, 유명(幽冥)을 달리한 2005년까지 그 주막집을 지키기도 했었다.

향토극 개발에 관심을 두고 있던 나는 삼강주막을 탐방해 본 다음, 소극장용 희곡 한 편의 시놉시스를 만들어 그 교수에게 전송해 주기도 했었다. 그랬는데 결과적으로 그 연극기획은 흐지부지되고 만 모양 같았다.

2019년 5월에서 6월에 걸쳐 나는 「울 엄마 그리기」란 연극 한편을 작, 연출로 대학로에서 공연한 적이 있었다. 그때 강 여사 역으로 출연한 3인의 여배우들을 만나 격의 없는 인연도 맺기에 이르렀다. 그들 여배우 중의 한 사람이 농반 진반으로 나에게 "우리 세 여우가 출연할 작품 한 편 써 줄 수 없겠느냐?"는 말을 서너 차례나 했었는데, 나는 미소로만 대답을 대신하곤 했었다.

한 편의 독창적인 작품 집필이란 그야말로 피를 말리는 작업과도 같아서, 어느 작가에게나 작품집필의 동기를 유발시킴이 결코 쉬울 리가 없기 때문이었다. 가벼운 일상적 부탁으로 작가의 마음을 움직일 수는 거의 불가능한 일이 아니겠는가.

2020년을 맞이하면서 일종의 기적처럼 3~4편이나 되는 나의 작품에 대한 공연 기획 스케줄이 잡혔다. 그것도 대작들이어서 나는 '내 생애 마지막 불꽃이 금년에 피어오르려나 보다' 하는 생각으로 마음을 다잡고 있었는데, 뜻밖에도 코로나19 사태가 벌어졌다. 속된 말로 나는 멘붕 상태에 빠져 버리지 않을 수가 없었다.

나는 한동안 멍청한 꼴로 앉아만 있었다. 그랬는데 불현듯 10여 년 전에 구상한 바가 있는 '삼강주막'의 스토리가 자꾸만 떠오르고, "우리 세 여우가 출연할 수 있는 작품"이란 여배우의 목소리가 연이어 내 귓가에 맴돌기 시작했다.

그리하여 「삼강주막」이란 이 작품의 집필에 임하게 되었던 것이다. 작품 창작에 임하고 있을 때는 잡다한 세상사를 뒤로하게 되고, 내가 추구하는 작품 세계에만 몰입할 수 있어 현실적 고뇌와 담을 쌓을 수가 있기 때문이었다.

이 작품은 향토색 짙은 분위기 극으로 가혹한 역사적 수레바퀴에 희생을 당하면서도 끈질기게 살아남아 인간적 체취를 간직하고 살아가는 민초들의 삶을 치밀한 구성력으로 완성한 정통 사실주의

적 극작품으로 평가 받고 싶기도 하다.

|스토리| 세 여인의 인연 설화

'여배우 삼인이 출연할 연극'이란 전제하에서 플롯(plot)을 세우려다 보니, 10년 전에 구상했던 스토리를 그냥 그대로 수용할 수는 없는 일이 되고 말았다. 이를테면 '마음 씀씀이가 푸근하고 넉넉한 주모 유연옥 할머니의 초상화'를 그려 보려고 했던 저번의 의도가 '가혹한 역사적 소용돌이 속에서 박제가 되다시피 했음에도 불구하고 끈질기게 질경이처럼 살아남은 여인의 초상'으로 바뀌어 버린 것이다.

1976년. 어느 가을 달밤에 30대의 여류 소설가 조지애가 고모네 집이 되어있는 삼강주막을 찾아온다. 70대의 주모가 운영하고 있는 그 삼강주막에는 50대의 상주댁이 종업원 격으로 일을 하는데, 그들 두 여인은 마치 자매처럼 토닥거리며 살아가는 중이었다.

조지애는 고모가 되는 주모에게 "상주댁을 어떻게 부르면 좋겠느냐?"고 묻자, 주모는 "이모라고 부르는 게 좋을 것 같다"는 말을 해 준다.

그날 밤 조지애는 10여 년 만에 신작 소설의 소재를 찾아 그곳을 방문했음이 밝혀지고, 뒷간이 더럽고 위험하다면서 상주댁이 손수 요강을 챙겨 조지애가 잘 방에 갖다 놓는 등의 극히 일상적 사건만이 전개된다. 그러나 무언가 알 수 없는 긴장감이 세 여인의 관계

속에서 감돌기도 한다. 이를테면 세 여인 각자의 가슴속에는 쉽게 발설할 수가 없는 비밀들을 지녔기에 일종의 술래잡기와도 같은 국면이 이어지기도 하는 것이다.

다음 날 오전. 주모는 조지애가 좋아하는 새알 떡국을 만들기 위해 쌀가루 반죽을 하고, 상주댁은 조지애가 좋아할 매운탕을 끓이기 위해 이웃집에서 낚시로 잡은 민물고기들을 얻어 오기도 한다. 조지애는 구상중인 작품 관련 취재차 외출을 하려고 한다.

그날 밤. 주모와 상주댁이 동동주를 마시며 조지애를 기다린다. 이윽고 조지애가 등장하고, 그녀는 '매호동의 안동댁'을 이번 소설의 주인공으로 삼겠다면서, 주모를 향해 "고모가 알고 있는 안동댁이 어떤 여인이었느냐?" 하고 묻는다.

주모는 "내가 알고 있는 안동댁은 도화살에 역마살이 낀 여인이며, 더러운 걸레짝과 같은 여인이다"라는 말을 해준다. 말하자면 안동댁은 매화동 유 대감네 며느리로 들어와 시가(媤家)를 말아먹었을 뿐만 아니라, 남편이 만주에서 독립운동을 하고 있음에도 불구하고, 일제의 앞잡이 형사로 시가를 망가뜨리다시피 한 우일구에게 재혼까지 서슴지 않은 여인으로 인식되어 있었다.

조지애가 이번에는 상주댁을 향해 "이모가 알고 있는 안동댁은 어떤 여인이냐?"하고 묻게 된다. 고모의 입을 통해 상주댁이 매화동 인근에 산 적이 있음을 알아냈기 때문이었다.

연거푸 동동주만 퍼마시던 상주댁은 마치 술주정을 하듯이 입을 열고 "주모가 알고 있는 안동댁의 이야기는 달밤에 개 짖는 소리 같다"면서 자기가 알고 있는 안동댁의 이야기를 어렵게 들려주기 시작한다. 조지애가 소설을 쓰는데 반드시 필요한 이야기란 사실을 알게 되어 힘겹게 실토를 하는 것이었다. 상주댁의 얘기에 따르자면 안동댁에 관한 저간의 세평은 진실과 너무나 동떨어진 사실들이었다.

상주댁의 이야기를 듣고 있던 어느 순간, 주모는 상주댁이 다름 아닌 안동댁임을 알게 된다. 그러자 충격에 사로잡힌 조지애가 주모를 향해 "고모도 이모처럼 실토할 사실이 있을 텐데…… 엄마는 왜 나를 서울로 올려 보냈느냐?"며 자기의 힘들었던 과거사를 고백한다. 그동안 조지애는 고모를 자기 생모로 알고 남몰래 가슴앓이만 해 왔던 것이다.

이윽고 또 다른 반전이 일어난다. 주모는 상주댁을 향해 "이젠 실토할 때가 되지 않았느냐?"며 "조지애가 바로 자네 딸이 아니냐?"고 한다. 조지애가 잘 방에 요강을 갖다 놓는다든가 물고기 매운탕 등을 준비하는 모습에서 눈치를 챘다는 것이었다. 그리고 상주댁이 그 외진 삼강주막에서 일하게 된 까닭도 "언젠가는 딸아이를 한 번 만나 보겠다"는 생각 때문이었음을 확신할 수가 있다고도 한다.

주모의 짐작은 사실로 들어난다. 그러나 상주댁은 "나는 자식새끼를 버린 적이 없다"면서 주모의 짐작을 강하게 부인하기도 한다. 조지애는 비로소 생모인 상주댁을 만나게 되었음에도 불구하고, 현실감을 찾을 수가 없다는 말을 하며, 상주댁을 향해 댁호가 아닌 성명만이라도 일러 달라고 한다.

상주댁이 "나도 안동댁의 본명을 모른다"는 대답을 할 때 막이 내린다.

제1장

무대가 밝아지기 이전에 –.

술상을 두드리는 젓가락 장단과 아울러 "좋고 좋다" 뚝배기보다 장 맛이네" 등과 같은 추임새와 아울러 아가씨와 술손님들의 돌림 노래 소리가 들려온다.

이를테면 다음과 같은 유행가 가락에 신명이 붙은 꼴인데, 천구백육칠십 년대에 흔히 볼 수 있던 속칭 '니나노 술집'의 풍경이라 말할 수 있겠고, 이 작품의 시대적 배경을 일러 준다고도 볼 수 있겠다.

〈이부풍 작사/박시춘 작곡. 애수의 소야곡〉
운다고 옛사랑이 오리요만은 눈물로 달래 보는 구슬픈 이 밤
고요히 창을 열고 별빛을 보면 그 누가 불러 주나 휘파람 소리

〈김능인 작사/손목인 작곡. 짝사랑〉
아 으악새 슬피 우니 가을인가요 지나친 그 세월이 나를 울립니다
여울에 아롱젖은 이즈러진 조각달 강물로 출렁출렁 목이 멥니다

〈최치수 작사/김성근 작곡. 생일 없는 소년〉
어머님 아버지 왜 나를 버렸나요 한도 많은 세상길에 눈물만 흘립니다

동서남북 방방곡곡 구름은 흘러가도 생일 없는 어린 넋은 어디메
가 고향이요

니나노 술집 안의 분위기가 점차 멀어지면서 무대가 천천히 밝아
진다.
귀뚜라미 울음소리가 가을 달밤임을 일러 주고, 교교한 달빛이 삼
강주막 전체를 꿈결 속의 모습으로 감싸고 있다.
백열등이 밝혀 주는 대청마루에서 떠나버린 술손님들의 뒷자리를
상주댁이 정리하고 있다. 전통 한실 보료방석들을 한곳에 쌓아 올
린다든가, 지저분한 술상을 훔치는 등의 허드렛일이다.
그리하여 대청마루의 어느 구석진 한 곳에는 소복이 쌓인 보료방
석 더미가 생겨나기도 하고, 단체 손님용 대반들이 4층 높이로 쌓
인 꼴이 드러나기도 한다.
주모가 설거지를 하는 부엌 안에서는 백열등 불빛만 새어 나온다.
이윽고 상주댁의 입에서 나지막한 유행가 가락이 흘러나오는데, 일
종의 노동요처럼 일을 하며 흥얼대는 습관적인 노래 소리다.

상주댁   〈문인영 작사/이봉룡 작곡. 낙화유수〉 강남 달이 밝아서 님이
        놀던 곳 구름 속에 그의 얼굴 가리워졌네
        물망초 핀 언덕에 외로이 서서 물에 뜬 이 한밤을 홀로
        새우네

        상주댁의 노래가 막 제 맛을 내려는 어느 순간에 부엌에서 일하던

주모가 초를 치듯 혼잣말로 투덜거린다. 물론 상주댁이 듣길 원하는 불평이다. 부엌문이 열려 있긴 하지만 주모의 모습은 제대로 보일 리 없고, 그의 목소리만 들린다.

주모   시끄러뷔 죽겠네. 탁배기 몇 잔…… 고것도 외상으로 팔아 묵고 무슨 노래까장 나오는지 몰라.

상주댁   (유행가를 그치고 한 술 더 뜨듯) 헤헤헤. 그래도 성님요. 쫌 전의 그놈들이 밉상만은 아입디더.

주모   뭐라카노?

상주댁   뺀질이 한 주사 맹키로 (한 주사의 흉내로) "상주댁, 당장은 외상이겠지만 저 주모귀신 몰래 살짝꿍 우리…… 낮거리나 한 분 하자" 하고 징그럽게 굴지는 않더란 말임더.

주모   고마 시끄러뷔. 참말로 자네가 뭘 몰라 그런 소릴 하는가? 술 처먹은 놈들은 마캉 수캐라는 거.

상주댁   헤헤헤. 지가 그런 걸 모를 리야 있겠는교? 한평생을 팔도잡년으로 굴러다녔는데.

주모   …… 아는데?

상주댁   (한숨처럼) 그냥저냥 심심풀이로…… 성님 부애 한 분 질러 봤심더.

주모   심심풀이?

상주댁   (신파조의 감정으로) 예. 이끼같이 파란 저 달빛이 온 세상을 뒤덮고…… 유행가 맹키로 그리움은 강물처럼 흘러가는데…… 우수수 가을바람 소리만 서글피 들린 게…… 고마 눈물이 쏟아질 거 같았심더.

주모 (연민의 정으로) 그렇게 심란하마 여게 동동주가 있다는 거는 으예 몰라?

상주댁 인자 알았네요. 성님. 삼강주막의 우리 쌍과부…… 오늘 밤에도 그저 동동주나 퍼마시고…… 자빠져 잠이나 잡시더. 내일도 장사를 해야 한이.

상주댁이 설거지용 그릇들만 잔뜩 쌓인 술상을 들고 청마루에서 내려와 부엌 안으로 들어간다. 잠시 동안 부엌 안에서 달그락 달그락하고 설거지 하는 소리만 들려온다.

세련된 양장 미인형인 조지애가 오른편에서 등장한다.
그녀는 집안의 분위기를 살피다가 장난기가 동했는지 살금살금 고양이 걸음으로 걸어가 부엌 쪽을 향해 까꿍 하듯 "고모!" 하고 부른다.
조지애의 그런 장난기에 응답이라도 하듯 '쨍그렁 '하고 사기 쟁반 한 점이 부엌바닥에 떨어져 깨지는 소리 들려온다.

주모 에이그, 자넨…… 으예…… 고모란 소리를 처음 들어서?
상주댁 미, 미안함니더. 내는 참말로 깜짝 놀랬심더.

주모가 행주치마에 손을 닦으면서 부엌에서 밖으로 나온다. 그리고 그녀는 한동안 조지애를 건너보다가, 조지애의 손을 덥석 잡는다.

주모	참말로 니가 맞나? 서울서 온 가시나 맞제?
조지애	미안해서 어떡해? 고모? 장난삼아 한 번 까꿍 한 건데? 내 목소리가 처녀 귀신 목소리로 들렸나 봐?
주모	무신 그런 소리까장? 그깟 쟁반 하나 깨졌는데.
조지애	(자책하듯) 놀랐겠지. 한밤중에…… 느닷없이 불쑥…… 낯선 가시나가 나타났으니.
주모	고마 됐다칸이. 그래, 으얀 일고, 갑작시리? (신경을 곤두세워서) 무신 일이 생긴 거제?
조지애	그런 건 아냐.
주모	하이고, 이런 내 정신. 니가 되기 시장할 긴데 (청마루를 가리키며) 어이 올라가자. 어이. (부엌 쪽을 향해 부르는) 상주댁.
상주댁	(부엌에서 밖으로 나와) 예, 성님.
주모	서울 조카 저녁상을 봐야겠는데? 얼릉 밥 쫌 앉힐 수가 있겠는가?
조지애	(두 손을 내저으면서) 아, 고모. 나 배 안 고파. 정말이야.
주모	(조지애에게) 참말이가?
조지애	아이, 주린 배 움켜잡고 나다닐 만큼…… 나 미련 곰탱이 아니야. 고모도 알잖아? 우리 집이 꽤 부자라는 거.
주모	오라버니…… (하다가) 너 아부지…… 수완이 여간 아니라는 거야 잘 알제.
상주댁	성님. 그라마…… 밤참 맹키로 메밀묵이나 한 사발 말아봅시더.
주모	아, 참 그래, 그게 좋겠네. 양념간장 쫌 새로 만들고……

(조지애를 향해) 어이 올라가!

주모와 조지애는 대청마루로 올라간다.
상주댁은 다시 부엌 안으로 들어간다.

주모	(두 손으로 조지애의 얼굴을 감싸면서) 몰라보겠다. 참말로 니가…… 지애란 년이 맞제?
조지애	웅, 경상도 말로 하마 말만한 가시나 조지애가 틀림없어.
주모	니를 보니 알만 하네. 서울물이 좋다 카는 거.
조지애	서울 물이 좋다는 거?
주모	어릴 적에 니는 그냥 까무잡잡한 얼굴에…… 두 눈깔만 말똥말똥 했는데…….
조지애	(주모의 두 손을 잡아 내리며) 고모!
주모	내가 또 객쩍은 말을 했제?
조지애	이젠 나도…… 막 피어나는 꽃이 아니거든.
주모	니가 하매 지는 꽃이란 말가? 야야, 시방 니가 몇 살이나 됐다고 그딴 소릴 다 하노?
조지애	놀라지 마. 고모. 나 서른 살도 더 먹은 년이거든.
주모	(놀라) 뭐라카노? 하이구. 가시나 나이가 서른 살을 넘었으마…… 으야마 좋노? 아즉 시집도 몬 간 년인데.
조지애	시집은…… 못 간 것이 아니고…… 내가…… 안 간 거야.
주모	와?
조지애	내 마음에 드는 놈이…… 세상 어디에 있어야지.

주모	으야꼬? (입맛을 다신 다음) 지애야, 니가 너무 잘 났다꼬 생각한이 그렇게 된 기다.
조지애	그렇기도 할 거야. (자기 몸매를 과시해 보이며) 봐봐, 이 정도면 잘 빠졌잖아, (긴장을 하고) 고모를 빼닮아서?
주모	뭐라카노? 내를 빼닮아?
조지애	왜? 고몬 그런 소리 못 들어 본 거야? 고모도 젊었을 땐 한 인물 했잖아?
주모	(고개를 흔들며) 누가 눈이 삐어갖고 한 소리겠제.
조지애	…… 그래?
주모	(사이) 니가 잘 났다카는 말은 백분천분 맞는 말이고. 가시나가 대학까정 나왔은이…….
조지애	고모. 듣다 보니 이상한 느낌이 든다. 가시나가 대학공부를 마친 게 무슨 탈이라도 된다는 말투였잖아?
주모	(찔끔하고) 으야꼬? 내가 또 실없는 말을 했구마?
조지애	…….
주모	(자세를 낮추듯) 지애야, 내가 구식 여편네라 그런 소리를 한 기다. 우리는 그러케 알고 살았은이 으야겠노? 가시나가 공부를 해서 똑똑해지마 콧대만 잔뜩 높아지고…… 콧대가 높아지마 팔자가 사나워지는 줄로 알았다칸이. 그래서 부잣집 딸년들도 까막눈 신세를 몬 면했던 기라. (하다가) 하이구, 내가 와 또 공부타령을 하게 됐노?

주모가 서둘러 보료방석 하나를 들고 와서 대청마루 바닥에 깔며, 조지애가 앉을 자리를 마련해 준다.

주모 (방석을 두드려 주며) 앉아라. 참말로 무슨 일이 생긴 거 아이겠제?

조지애가 방석 위에 앉자 주모는 그녀를 마주해서 맨 바닥에 앉는다.

조지애 별일 같은 건 없었다니까. 아빠가 당뇨 땜에 고생은 좀 하시지만…… 그런 대로 무탈하시고…… 아빠 토건 회사 그거는 남동생이 물려받는 중이고.

주모 엄마는?

조지애 (빈정거리듯) 엄마는 자나 깨나 사시사철 교회 전도사 일로 바쁘셔. 엄마는 틀림없이 저 높은 천국에 오르실 거야.

주모 (안도의 한숨을 내쉰 다음) 그라마 됐고. 니는 시방 어데서 우리 장사가 끝나는 걸 보고서야 찾아 온 거겠제?

조지애 응, (손가락질을 하며) 저 강변에서 손님들이 돌아가길 기다렸어. 흡사 꿈결처럼 흘러가는 강물을 바라보며. 모처럼 몽환적인 분위기에 젖어도 보았고.

주모 (한숨을 쉬며) 잘 했다. 술손님들이 죽치고 있을 때…… 니가 들이 닥쳤으마 으얄 뿐했노? 내한테는 니가 만만한 손님도 몬 되는데.

조지애   왜 내가 만만한 손님이 못 된다는 거야?

주모   내는 낫 놓고 기억자도 모른이 으야겠노? 고모네 집이 라꼬 찾아와 봤자…… 너무 누추해서 니가 편히 앉아 쉴 자리도 없는데…… 잠자리도 마땅찮고…… 그래서 니가 자주 몬 온다는 거 내도 모를 리가 없제.

조지애   고모. 그런 소리 하지 마. 그런 마음 내비치면 내가 정말 자주 올 수 없게 되잖아? 고모라는 인연…… 그거 하늘 이 준 인연일 텐데?

주모   그래. 고모하고 조카 사이에 이물이 있어서는 안 되는 거겠제?

조지애   자주 찾아오진 못했지만…… 난 진심으로 고모를 좋아 했단 말이야.

주모   니가 내를?

조지애   응, 무지무지.

주모   거짓부렁이겠지만도…… 듣기는 참 좋다.

조지애   거짓이 아냐. 고모한테서는 짙은 인간적 향기가 물씬 풍 긴단 말야.

주모   향기란 말 그거…… 냄새라는 말 아이가?

조지애   어쨌거나 고모는 남을 의심하거나 속일 줄도 모르고…… 변덕스럽지도 않고…… 곧이곧대로 착한 심성 그대로 살 아가니까. 걸쭉한 입담도 구수하게 느껴질 만큼.

주모   그런 거 내는 잘 모르겠고…… 우리가 이렇게 마주 앉아 본 지가 십년도 넘은 거 같제?

조지애	웅, 저 강변에서 손꼽아 보니 꼭 십이 년째였어. 내가 대학생일 때…… 추석 명절 뒤끝에 아빠랑 함께 여길 잠깐 들린 적이 있었어.
주모	그래, 그랬어.
조지애	아빠는 늘…… 고모가 눈에 밟힌다는 말씀을 하셨는데…… 고모도 아빠의 그런 마음 알고 있겠지?
주모	오라버니는 장남이라서 우리 온 집안이 떠받들게 되었는데…… 내는 가시나가 돼갖고 공부도 몬 했제. 애물단지 취급만 당했어. 그런 내를 볼 때마다 오라버니는 애닯아마 했었고.
조지애	(주모의 손을 잡아 주며) 고모. 솔직히 말하는데…… 나는 서울 엄마보다 고모가 더 가깝게 느껴진다.
주모	(조지애의 손을 밀쳐 내며) 그런 소리 다신 하지마라. 엄마보다 더 가까운 사람이 세상 어데에 또 있단 말고?
조지애	(주모의 말에서 어떤 벽을 느끼고 핸드백에서 자그만 보석 상자를 끄집어내며) 이거 아빠 선물.

주모가 보석 상자를 건네받는다.

| 조지애 | 한번 열어 봐, 고모. |

주모가 보석 상자를 열고 진주 목걸이를 끄집어낸다.

조지애 목에 한번 걸어 봐, 고모.

주모가 진주 목걸이를 목에 걸어 본다.

조지애 오호, 역시 고모도 한 인물 한다니까?

주모 (울 듯한 목소리로) 두루 고맙네요, 오라버니.

조지애 왜 또 울적해지는 거야?

주모 오라버니한테…… 내는 한평생 걱정거리만 되었은께.

조지애 왜 그런 생각을 자꾸 하는데?

상주댁이 묵사발과 몇 가지의 밑반찬이 놓인 소반을 들고 부엌에서 나오다가 걸음을 멈추고 주모와 조지애의 대화를 잠시 엿듣는 행동을 취하게 된다.

주모 (새로운 감정으로) 그나저나 오늘은 무신 바람이 불어…… 니 혼자 날 찾아왔노?

조지애 고모가 보고팠지, 뭐.

주모 그렇다 치고…… 시집도 몬 간 니는…… 아이다. 시집도 안 간 니는…… 요즘 무신 일을 하는데? 니가 공순이가 되었을 리는 없고?

조지애 고모는 잘 모를 거 같은데…… 나 소설가가 됐어. 우리나라 최고 문학잡지에서 추천이 완료된 작가.

주모 소설이 뭐꼬?

조지애   응, (잠시 생각에 잠겼다가) 소설은 사람이 살아가는 이야기
        를 글로 쓴 거야. 사진사가 사진을 박듯이…… 소설가는
        사람이 살아가는 이야기를…… 글로 쓰는 사람이 되고.

주모   사람이 살아가는 이야기를 글로 쓰는 사람?

조지애   고모도 「춘향전」, 「심청전」 같은 건 알지? 그런 게 바로 소
        설이야. 말하자면 나도 그런 이야기를 만드는 사람이고.

주모   니는 참 희한한 일을 하는 사람이구나?

조지애   (사이) 책읽기를 좋아하다…… 그만 그렇게 되었나 봐.

이윽고 상주댁이 움직여 소반을 들고 대청마루에 오른다.

주모   (반갑게) 아, 상주댁도 어이 여게로 와서 앉지.

상주댁   내는 싫습니더.

주모   (상주댁의 반응이 뜻밖이어서) 와?

상주댁   내도 눈치가 빤한 여편넵니더. 모처럼 두 분이서 정담을
        나누는데…… 으예 지가 끼어들어…… 해방꾼 노릇을
        하겠는교?

주모   (나무래는) 별소리 다 듣겠네. 몇 년 간 한솥밥을 묵은 사람
        이 으예 그런 소리까장? 아, 하다 몬해 수인사라도 나누
        어야제.

상주댁   그라마? (하고 마지못한 듯 주모 옆에 자리 잡고 앉는다)

주모   (상주댁을 향해) 이 사람이 오늘 밤 따라 점점?

상주댁   (손으로 자기 얼굴을 만지며) 와요, 성님, 지 얼굴에 뭐가 묻었

는교?

주모　시방 자네 얼굴은…… 와 그러케 휑한 꼴로만 뵈는지…… 영문을 모르겠단 말이네.

상주댁　(못 알아듣고) 예?

주모　아, 손님맞이를 할 때마다 별의별 넉살에 온갖 너스레까정 다 떨고…… 객적은 소리도 청산유수같이 쏟아내던 자네가…… 지금은 다소곳하기가…… 시집갈 처녀꼴이란 말일세. (하다가 자기 목걸이를 들어 보이며) 이 목걸이를 몬 보았을 리도 없고…… 봤다하마 말 한 마디 안 걸치고 넘어갈 자네도 아인데?

상주댁　(금방 과장된 어조로) 헤헤헤. 성님. 조카님 앞에서 지가 넉살을 떨고…… 객적은 소리까장 할 까닭이 어데 있겠는교? 매상이 오를 리도 없는데?

주모　(한방 맞은 듯한 기분에서) 뭐, 매상?

상주댁　예. 매상. 그라고 "그 진주 목걸이 참 이쁘네요" 하고 지가 침을 흘리마…… 성님하고 조카분이 당장 내한테 미안한 마음이 생기지 않겠는교?

상주댁의 응답에 분위기가 바뀌고, 주모와 조지애가 웃음을 터트린다.

주모　호호. 상주댁이 아즉 죽어 나자빠지진 않았구마.

조지애　(상주댁을 향해) 아줌마의 첫 인상…… 결코 미워할 수가 없을 것 같은데요? 세파에 시달린 듯한 흔적이 없는 것도 아닌데…… 인생을 아주 달관한 듯한 모습도 엿보이는 것 같아서요.

상주댁 지는 뭐, 실없이 살고 있는 여편네입니더.

주모 (조지애에게 상주댁을 소개한다) 상주댁인데…… 한 오년 전부텀 여서 내캉 같이 살고 있다. 지금 우리 손님들은 고마…… 내는 거들떠보지도 않고 그냥…… 이 상주댁만 찾아 난리들을 피우제.

조지애 (호기심에서) 손님들이 어떤 난리를 피워요?

주모 술 처먹은 놈들의 수작이란 거야…… (하다가) 아이다. 니는 아즉 처녀인 게 모르는 기 낫겠다.

조지애 고모. 나도 다 알아.

주모 다 알마 됐네, 뭐.

조지애 호호호. 고모는 이 아줌마한테 이런 식의 신신당부도 했을 걸? 손님들이랑 진짜로 재미를 봐선 안 될 일일세. 상주댁이 누구랑 놀아났다 하는 소문이 나고 보면…… 당장 다른 손님들의 발걸음이 뚝 끊어질 걸세. 재미를 본 그놈도 발모가지 잡힐까봐 다신 나타날 리가 없고.

주모 참말로 신통방통하기가 귀신같네? 으예 요상한 그런 일까정 니가 다 알고 있어?

조지애 고모. 소설가가 원래 이런 꼴이야. 시시콜콜한 일들에…… 별의별 일들도 다 알아야 하는 사람.

주모 니한테 누가 그런 소릴 해 주더노?

조지애	단골 다방 마담 언니. 그 언니 물장사나 색시 장사 속내를 환히 알고 있었어. 아가씨들은 손님들한테…… 줄 듯 말 듯 하면서 매상만 올려야 한댔어.
주모	<u>흐흐흐</u>. 나는 남들이 듣기 민망한 소리도 아주 천연덕스레 할 줄도 아네?
조지애	호호호. 이런 게 바로 소설가의 말 빨 또는 입심이라는 거야.
주모	(조지애를 소개하며 상주댁의 표정을 유심히 살핀다) 서울에 사는 오라버니 딸인데…… 서른 살이 넘은 노처녀에…… 하는 일이란 기…… 사람 이야기를 재미있는 글로 쓰는…… 재미있는 글로 쓰는.
조지애	(상주댁을 향해) 네. 소설가예요. 이름은 조지애구요. 아직 유명 작가가 못 된 신인이고요.
상주댁	(조지애에게) 반갑네요. (묵사발을 가리키며) 얼릉 이 메밀묵 쫌 들어 보이소. 우리 삼강주막의 묵하고 두부는…… 맛있다는 소문이 쫙 퍼져 있심더. 둘이 묵다 셋이 죽어도 모른다 카는.
조지애	이전에도 그런 애길 들었습니다.

조지애가 묵을 좀 먹어 본다.

조지애	고모.
주모	와?

조지애　고모가 빚어낸 동동주…… 그것도 일품이잖아?

주모　(놀라서) 그라마 니도…… 술 한 잔 걸치고 싶단 말가?

조지애　응, 나 서울 무교동의 술맛도 다 알아. 담배 맛도 알고.

주모　하이구. 서울 가시나들 술도 잘 처묵고…… 담배도 잘 피운다던이?

조지애　(냉큼 이어 받아) 우리 지애 가시나가 그럴 줄은 몰랐다?

주모　그래. 내는 꿈에도 그런 생각은 몬 해봤다

조지애　나도 서울 가시난데, 뭐.

주모　너 아부지도 그런 거 알아?

조지애　알아.

주모　아는데 아무소릴 안 해?

조지애　응.

상주댁　(무슨 사태라도 수습하듯 주모를 향해) 성님. 고마 떡본 김에 제사부텀 지내봅시더. 조카분 술상에 우리도 젓가락 한분 올려 보잔 말임더, 까짓 거.

주모　까짓 거?

상주댁　네. 우리 같은 구닥다리가 으예 요즘의 젊은 사람들을 지대로 따라갈 수 있겠는교?

주모　(체념하듯) 그라마 그렇게 한 잔 해 봄세.

상주댁이 청마루에서 내려 와 부엌으로 들어간다.

조지애　(방안을 둘러보다가) 그전에는 여기서 부엌으로 통하는 샛문

이 있었는데?

주모   연탄가스가 독하다캐싸서 막아 버렸제.

조지애   (문득 생각이 난다는 듯) 아, 고모.

주모   와?

조지애   나 늘 궁금했는데…… 고몬 어쩌다 이렇게 외진 강가에
서 한평생 주막집을 운영할 수가 있었어? 팔자소관이란
말로 얼버무리지는 말고.

주모   그런 게 …… 니가 소, 소설가라 그런 걸 묻는 거제?

조지애   응, 고몬 새색시 시절부터 이 일을 했었다며?

주모   너 아부지가…… 이야기 안 해주더나?

조지애   난 직접 들어 보고 싶어.

주모   (사이) 니는 여게가…… 외진 강가라 했는데…… 육년 전
에 (무대 뒤를 가리키며) 저 내성천에 큰 다리 하나가 들어
서기 전에는 여게가 한갓지지도 않았다. 여게가 아주 큰
나루터였어. 뱃사공들 하고 보부상들의 숙소까장 들어
찼을만치. 하루에 나룻배가 서른 차례씩 오가기도 했었
는 걸? 낙동강 소금배가 여까장 들락거렸고.

술 주전자를 들고 부엌에서 나온 상주댁은 발길을 멎고 조용히 주
모와 조지애의 대화에 귀를 기울인다.

조지애   나도 대강은 알아. 천구백칠십 년에 (집 뒤를 가리키며) 저
내성천 대교가 생겨나면서부터 여기가 그만 한산한 곳

으로 변했다는 거. 그리고 고모는 일제시절인 천구백삼십 년경부터 이 주막을 운영했기에 이 삼강 나루터의 역사적 증인이 되기도 한다는 거.

주모　옛날 여자들이 대개 다 그랬듯이…… 내도…… 뭐 내 뜻대로 뭘 시작해 본 일은 없었다. 내도 중매결혼을 했었고…… 시집을 가기까정 내도 신랑이 될 그 웬수놈 코빼기도 몬 봤어. 부모님이 정한 혼처라 하늘이 맺어 준 부부 연으로 알고 시집을 가게 되었는데…… 하이구, 가서 보니……그 웬수가 투전판 같은 데서 개평이나 뜯어묵고 노름빚이나 받아 주는 날건달로 수틀리마 사람들이나 들고 치는 부랑자였어. 요즘 말로 하마 깡패가 될 거제. 일본 순사들도 네 고모부 눈치만은 슬슬 살펴야 할 만큼…… 그 웬수의 깡이란 기 거셌더란 말이다. (사이) 그 웬수가 어느 날은 여게 있는 주막집을 무슨 수로 차지하게 되었다더라. 무슨 내막이 있었는지 내는 알 수도 없는 일이었고. 그때…… 우리 친정에서는 눈살을 찌푸리기도 했지만…… 별 수도 없는 일이었제. 그때만 해도 직업에 귀천이 있어서 주막집은 천것들이나 하는 장사 축에 들었지만은…… 네 고모부가…… 또 출가외인이란 말 한 마디로 처갓집의 입막음을 해 버리고 말더라. 허 기사 고모부 같은 건달이 없었으마 내가 이런 데서 주막집은 해 묵을 수조차 없던 시절이었제.

조지애　지금도 마찬가지래. 서울의 큰 술집들은 (주먹을 쥐어 보이

30

며) 이렇다하는 어깨들이 뒤에서 다 봐준대.

주모 그런 게…… 내가 그런 웬수의 여편네가 되어 있은 게…… 어리고 젊은 주모였지만도…… 감히 누가 날 집적거릴 엄두조차 낼 수가 없었던 거제. 아, 어느 때 한번은 젊은 놈팽이 하나가 멋모르고 내 엉뎅이를 만지며 수작을 걸다가 고마 네 고모부 눈에 띄었는데…… 하이구, 내가 고마 하라고 해도 네 고모부가 그 놈팽이 놈의 다리 하나를 아주 분질러 버려서 내가 질려 버리기도 했었다. 그 놈팽이를 한평생 절름발이로 살게 만들어 버렸은이. 지금이야 내가 늙었다고 동네 개들도 거들떠보지 않지만은.

조지애 어쨌거나 고모부는…… 고모를 무척 사랑 했었나 봐?

주모 사랑이 뭐꼬?

조지애 호호호. 사랑이 무엇이야? 가수 나훈아는 사랑이 눈물의 씨앗이라 했는데…… 나는 아직 모르겠어.

주모 ……?

조지애 고모. 절름발이 그 사람…… 아직도 살아 있어?

주모 회룡포 인근 대은리에 살고 있는 모양이더라. 요즘도 아주 가끔 여게 들리기도 하제 (하다가) 아니 상주댁은 양조장엘 갔나? 왜 소식이 없어?

상주댁 (급히 대청마루 위로 올라가 자릴 잡고 앉으면서) 성님 이야기가 끊어질까 봐 지가 일삼아 저서 쫌 머뭇거렸심더.

조지애 문제의 그 고모부는 또 …… 행불이 되었다지?

주모   (한숨) 하매 십년도 넘었다. 몰라. 부산에서 밀항선을 타고 일본에 들락거린다는 소문까정은 들었는데…… 그 웬수가 어데 가서 죽었겠지 뭐.

상주댁   (조지애 앞에 술잔을 놓은 다음 주전자를 들고) 목이 마를 긴데…… 우선 조카님부터 한 잔.

조지애   내가 고모한테 먼저 한 잔 올려야 될 것 같은데요?

상주댁   (고개를 가로 저으며) 손님이 먼저 받아야 하는 법입니다. 내는 접대부인 게…… 손님 접대에 앞장을 서야 하고.

주모가 조지애에게 손짓으로 술을 받으라고 한다.
상주댁이 술잔을 채워주자 조지애가 그 술을 마신다.

조지애   (술잔을 내린 다음 주전자를 잡으며) 이젠 고모가 한 잔?

조지애가 술을 따라주자 주모가 그 술 한 잔을 마신다.

조지애   (주전자를 들고 주모를 향해) 고모. 내가 (상주댁을 가리키며) 이 아줌마를 어떻게 부르면 좋을까? 언니나 동생으로 부를 연세는 넘어선 것 같고?

주모   이모가 좋을 거 같네.

조지애   (상주댁에게 술을 따르며) 그럼…… 제가 이모라 불러도 될까요?

상주댁   지 같은 여편네야 황감한 일입지요, 뭐. 언감생심 나 같은 여편네가 어떻게 소설가님의 이모가 될 수 있나요?

주모 (상주댁을 향해) 자네 말인즉슨…… 소설가는 엄청 대단한 무슨 사람이락도 된다는 툰데?

상주댁 예, 판. 검사가 되기보담 소설가 되기가 더 어렵답디더. 더 귀한 사람 축에 들고. 사람들은 판. 검사 누구누구는 잘 몰라도 소설가 누구누구는 다 안다꼬들 합디더.

주모 자넨 그런 걸 어떻게 그리 빠삭히 알고 있는가?

상주댁 들은 풍월입지요, 뭐. 날 꼬셔볼라꼬 유식한 척하던 술손님들한테서요.

주모 으째 내한테는 그런 이야기들을 안 해줬을고? 상주댁이나 나나 까막눈인 거는 매 마찬가진데?

상주댁 지가 성님보담은 쪼매 날 깁니더. 지는 언문이락도 깨쳤은 게. 그리고 그런 풍월들은 죄 서울에서 들었심더.

주모 그까짓 언문은 글도 아니라던데? 진서가 글다운 글이라던데? (조지애에게) 내 말이 맞제?

조지애 (소리 내어 웃고) 네. 옛날 사람들은 한문을 진서라면서 우리 한글보담 더 숭상하긴 했었죠.

주모 (상주댁을 향해) 자네도 들었겠제?

조지애 (웃음기로) 고모랑 이모 두 분께서는…… 늘 이런 식으로 토닥거리며 이 주막을 운영하시나 봐요?

주모 그래, 사람들은 우리 두 여인네를 삼강주막의 쌍과부로 부르기도 한단다.

조지애 …… 역시 아빠가…… 정확한 말씀을 주신 거 같네요.

주모　　무슨 말고?

조지애　　응. 지난달에 내가 소설 원고 청탁을 받고…… 마땅한 이야깃거리를 못 찾아 낑낑거리기 시작했거든. 그때 아빠가 이렇게 일러 주셨단 말야. "지애야, 너 겸사겸사 네 고모한테 한 번 내려가 보렴. 소설 한 편거리는 건질 수도 있을 게야" 하고.

주모　　내는 춘향이 같은 열녀 이야기도 모루고, 심청이 같은 효녀 이야기도 모루는데? 내는 그저 주정뱅이 얘기들만 잔뜩 알고 있는데?

조지애　　고모. 요즘은 달라. 요즘에는 시정잡배 누구라도 소설의 주인공이 될 수가 있어. 뒷골목 깡패나 몸을 파는 창녀도 되고. 첩첩산중의 비구니나 성당의 수녀도 될 수가 있고…… 대통령이나 국회의원 또는 협잡 모리배도 소설의 주인공이 될 수가 있단 말야.

상주댁　　그라마 (주모를 가리키며) 여게 고모님도 조카님의 소설책 주인공이 될 수가 있겠네요?

조지애　　그럼요. 내가 그 이야기 참 재미있겠다, 감동스럽겠다, 하고 맘을 먹기만 하면요.

주모　　야야, 아서라 아서. 내 같은 무지랭이에 천해빠진 주모한테 무신 재미가 있겠노? 내보담은 이 상주댁이 훨씬 나을 기다. 이 상주댁은 나랑 달리 서울로 부산 대구로 사방천지를 떠돌며 살아 본 것 같았은이 하는 말이제.

조지애　　…… 물론 이모님이 살아온 이야기도 듣고 싶어요.

상주댁   (두 손을 내저으며 단호한 어조로) 내한테 그런 부탁…… 꿈도 꾸지 마시이소. 이 성님은 기억력이 좋아 십 몇 년 전의 외상 술값까정 다 알고 있지만…… 내는 어젯밤의 일도 깡그리 잊어 묵은 사람입니더. (자리에서 일어난다.)

주모   와?

상주댁   뒷간에 갈랍니더. (하고 청마루에서 나서려다가) 참?

주모   와 또?

상주댁   조카님도 별 수 없이 오늘밤에는…… 여서 주무셔야 하겠지요?

주모   별 수 없겠제, 통금도 통금이지만…… 이 늦은 밤에 어데로 갈 수가 있겠어? (무대 배경 쪽의 방을 가리키며) 안방에서 자도록 해야제. (해놓고) 하, 잠자리가 마뜩찮아 으야마 좋노? 이부자리도 깨끗지가 몬 하고 고약한 냄새까정 풀풀 날긴데?

조지애   고모. 있잖아? 그런 걱정할 필요가 없어. 소설가는 이런 저런 경험을 많이 해 볼수록 좋은 거야.

주모   그라마 다행이긴 하지만도.

상주댁이 청마루에서 나와 부엌 안으로 들어간다.

주모   방금 니는 이런 저런 경험을 많이 해봐야 한다고 했는데…… 그라마 시집도 한 분 가봐야 하는 거 아이가?

조지애   고모. 면사포를 써본 적은 없지만…… 있잖아? 나 꽤 여

35

러 남자를 상대해 봤어.

주모   여러 남자를 상대해 봤다카는 말은…… 니가 숫처녀가 아이라는 말로 들리기도 한다마는?

조지애   (소리 내어 웃고) 응. 남자랑 이불 속에서 그 짓도 실컷 해 봤어.

주모   (두 손으로 얼굴을 감싸 쥐며) 하이구. 으예 소설가는 넘사시런 것도 모르는 갑다.

조지애   고모. 고모를 무시해서 하는 말은 아닌데…… 시대가 변하면 사람들의 생각도 변하는 거야. 우리는 고모가 살아온 시대적 감정을 잘 몰라. 고모는 일제시절, 해방공간, 육이오 전쟁, 그리고 오일육 군사혁명 등을 거치느라 가난과 핍박 그리고 살아남기 위한 몸부림 등을 치기에 바빴겠지만…… 우리는 그런 걸 잘 몰라. 그래서 고모랑 내가 세대차를 느낄 수밖에 없는 거야.

주모   허기사 천지가 개벽하듯 세상이 변하기야 하더라만. 요즘 서울에서는 땅 밑으로 전차라는 기차가 돌아다니기도 한다며?

조지애   아, 지하전철? 이년 전부터였어.

상주댁이 뚜껑이 있는 사기요강을 들고 청마루에 오른다.

주모   자넨 와 요강을 들고?

상주댁   조카님이 잘 방에 갖다 놓을라고요. (조지애에게) 조카님은

여게다 볼일을 보이소. 소, 대변 다. 뒷간에 갈 엄두조차
내지 말란 말임더. 우린 두 눈을 감고도 다릴 걸칠 수가
있지만도…… 조카님은 어림 반푼도 없심더. 아차하마
똥물에 풍덩 빠질 수도 있심더.

주모　(조지애를 향해) 그래. 뒷간에 갈 일은 이모 말대로 하는 게
좋겠구나.

　　　F.O.

제2장

다음 날 오전. 맑은 가을 햇살이 무대 위에 쏟아지고 있다.

진주 목걸이를 목에 두르고 머리에 면수건을 쓴 주모가 부엌에서 밖으로 나오는데, 대형 옹기수반을 들고 있다. 그 옹기수반 속에는 쌀가루가 소복이 담겨져 있다.

주모   (부르는) 상주댁! 상주댁!

대답이 없다.

주모   (군소리로) 베라물 이 여편네가…… 또 어델 갔노? 콩나물을 다듬다 말고?

주모는 별 수 없다는 표정을 지우며 대청마루로 올라가 대형 옹기수반을 내려놓는다. 그리고 자리를 잡고 앉아 쌀가루 반죽을 시작한다.

주모   (일손을 멈추고 잠시 무슨 생각에 잠겼다가 고개를 가로 저으면서) 모루겠다. 내는…… 내는 알 수가 없어.

밖에서 두 손으로 큼지막한 박 바가지 하나를 받쳐 든 상주댁이 서둘러 등장한다.

상주댁   (주모를 보기 바쁘게 선수라도 치듯이) 헤헤헤. 이런 욕 한 바가
        지쯤 퍼부었겠지요? 베라묵년은 또 어데 가서 어떤 놈이
        랑 붙어먹기락도 하는 갑다.

주모   내는 하질 않았네. 아즉 밤이 아이라서.

상주댁   (박 바가지를 디밀어 보이며) 궁금할긴게 한분 보시이소.

주모   (바가지 속을 보다 말고 집 뒤를 가리키며) 저 삼강의 물고기들
        이구마?

상주댁   해장국 거립니다.

주모   해장국? 어떤 손님이…… 그런 부탁을 했는데?

상주댁   서울 조카분 속 풀이용입니다. 지난밤에 동동주를 자꾸
        마셨은이…… 속이 시릴 깁니다. 보이소. 해가 하늘 저만
        큼 왔는데…… 아즉 몬 일어나는 거.

주모   (상주댁의 눈치를 살피며) 으예 상주댁이…… 쟈한테 지극정
        성이구마?

상주댁   서울 손님한테 우리가 대접할 수 있는 기…… 이런 거밖
        에 없은이 으야겠는교?

주모   날래기도 하네. 그새 박 영감네 집까지 갔다 왔은이.

상주댁   예. 그 대머리 영감이 오늘 새벽에…… 낚시로 잡은 붕
        어에 메기에 쉬리들입니다. (엉덩이를 흔들어 보이며) 헤헤
        헤. 지가 꼬리를 요렇게 살랑살랑 흔들면서 (콧소리로) "영
        감님은 세월을 거꾸로 드시는 거 같아예? 점점 젊어지는

거 같은 게. 호호호. 어쩌고저쩌고" 했더니 이렇게 많이 막 퍼 담아 줍디더. 그것도 공짜로. "에헴, 내는 뭐…… 또 잡으마 된 게" 하면서.

주모 두루 고맙네. 내는 미처 그런 생각은 몬 해 봤는데.

상주댁 그란데 뭐할라꼬 쌀가루 반죽을 만들고 있는교?

주모 응. (안방을 가리키며) 쟈가 접때…… 새알 떡국을 맛있게 먹던 생각이 나서 뒤져 본이 찹쌀가루에 밉쌀 가루도 좀씩 남아 있었네.

상주댁 예. 성님한테는 조카분이 (안방을 가리키며) 쟈 하나뿐인 거 같네요?

주모 쟈 남동생도 있는데…… 갸는 콧배기도 잘 보여주질 않는다네.

상주댁 네.

주모 그라마 아침은 자네가 채리고…… 점심은 이 새알떡국으로 합세.

상주댁 (부르는) 성님요.

주모 와?

상주댁 지는 이상하다는 생각마 듭니더.

주모 뭐가?

상주댁 서울 조카분이 왔을 때부텀…… 성님이 안절부절 몬 하는 거 같고…… 얼굴은 떫은 감을 씹은 거 같았심더.

주모 (일단 부정) 그럴 리가?

상주댁 헤헤. 지 눈은 몬 속입니더. 이날 입때까장 눈칫밥마 묵고 살아 온 여편네 눈인데요?

주모   (한숨) 쟈를 볼 때마다 몬 배운 설움마 북받쳐서 그렇게 된 거겠제. (방을 가리키며) 쟈가 하는 말을 지대로 알아듣지를 몬 한이 답답하기가 짝이 없고.

상주댁   뭘 그리 몬 알아들었단 말인교?

주모   내는 소설이 뭔지도 모루겠고…… 암만 생각해 봐도 그런 글을 뭐할라꼬 쓰는지도 알 수가 없고…… 그런 일로 으예 돈을 벌 수가 있는 지도 모룰 일이고…… (사이) 쟈는 와 시집갈 생각도 몬 하고…… 으예서 챙피도 몰라 처녀가 남자랑 잤다는 말도 고렇게 예사로 할 수가 있는지…… 처녀가 또 무슨 놈의 담배는 또 그리도 많이 피워대는지.

상주댁   기역 뒷다리도 잘 모르는 우리가…… 으예 대학공부꺼정 다 마친 가시나를 지대로 알 수야 있겠는교? 조카분은 대학에서 선생 노릇까장 한다는데…….

주모   그래. 시간강사 노릇까정 한다는데…… 대학교수하고 시간강사는 또 어떻게 다른 건지를 내는 모르겠고.

상주댁   (어조를 변하여) 고마 됐심더. 성님. 그런 거 잘 몰라도 우리는 여태까정 그럭저럭 살아 왔심더. 그냥 몬 죽어 산목숨으로 알마 되겠습디더.

주모   몬 죽어 산목숨?

상주댁   그라마…… 성님 인생은 잘 모르겠고…… 지는 뭐 몬 죽어 산목숨이 틀림없었심더. (얼른 그 자리를 피하듯) 해장국

이나 앉혀 볼랍니더.

상주댁이 서둘러 부엌으로 들어간다.

주모   (혼잣말로) 모르겠네. 내도…… 어떻게 요지경 같은 요놈의
           세상에서 용케도 살아 왔는지.

주모가 다시 잽싼 손놀림으로 쌀가루 반죽을 시작한다.
무대 중앙 뒷편의 방문이 열리고, 잠옷 바람의 조지애가 요강을 품
에 안은 모습으로 걸어 나온다.

주모   (조지애를 보다 말고 깜짝 놀라) 야야, 니 꼴이 그게 뭐꼬?
조지애   (주모가 놀란 이유를 잘 몰라 자기 몸을 둘러 본 다음) 내 꼴이 뭐
           어떤데?
주모   와 니가 요강을 들고 설치노 말다?

요강이란 말을 듣게 된 모양으로 상주댁이 부엌에서 뛰쳐나와 대
청마루 앞으로 뛰어 간다.

상주댁   (조지애에게) 그 요강 이리 주소, 고마.
조지애   아, 아네요. (상주댁을 향하며) 이모님 말씀대로…… 여기에
           다 볼일을 다 봤거던요. 그러니까 제가 처리해야죠.
상주댁   (급히 요강을 빼앗으려 들며) 내도 손님은 왕이라는 말을 압

니더.

조지애 (요강을 빼앗기지 않으려고) 전 손님이 아녜요, 이모.

주모 (위기감에서 쌀가루를 감싸 안 듯하며) 오오. 그러다 여게다 오줌을 쏟겠다.

조지애 (하는 수 없다는 듯 요강을 상주댁에게 넘겨주며) 고, 고마워요, 이모.

상주댁이 요강을 들고 급이 집 밖으로 퇴장한다.
조지애가 주모를 마주해서 앉는다.

주모 간밤에는 잠을 몬 잤제? 밤새도록 부시럭거리던데?

조지애 작품을 구상하고 있을 때는…… 늘 그래요.

주모 (이해가 부족하여) 작품을 구상할 때?

조지애 응, 이번에는 어떤 이야기를 소설로 어떻게 써볼까 하고 고민할 때.

주모 내는 뭐 물어보나 마나겠구나.

상주댁이 등장하여 다시 대청마루 곁으로 온다.

상주댁 (조지애를 향해) 조카님한테 물어 볼 말이 있는데요?

조지애 뭐예요?

상주댁 조카님은 얼큰한 물고기 매운탕을 좋아하는지…… 맑은 지리 해장국 같은 걸 좋아하는지?

조지애   아, 네. 전 매운탕을 좋아해요.

상주댁   (주모를 향해) 그라마 메기 매운탕으로 앉혀야겠네요, 붕어
        는 찜으로 만들고.

주모   그러지 머.

        상주댁은 부엌 안으로 퇴장한다.
        주모가 청마루 한 구석에 놓여 있는 소반을 들고 와서 옆 자리에
        놓고 반죽을 한 쌀가루 반죽으로 새알 떡을 만들어 그 소반 위에
        올려놓기 시작한다.

조지애   (한 알의 새알을 집어 들고 보면서) 오, 새알 떡? 여기서 맛있게
        먹은 기억 나는데?

주모   니도 잊어 묵질 않았구나?

조지애   고모도 참, 내가 그런 걸 어떻게 잊어? 그날 고모는 자꾸
        만 내 그릇에 새알을 더해주기도 했는데? (딴엔 신경을 곤두
        세우고) 엄마가 자꾸 자기 아기 입에 밥을 퍼먹이듯.

주모   (예사로이) 새알 떡국은 오늘 점심에 묵기로 하자. 아, 니
        배가 많이 고플 긴데…… 어이 세수하고 아침이나 먹도
        록 하자. (하고 일어서려 한다)

조지애   (주모를 붙들어 앉히며) 서둘 거 없어, 고모. 나 배고픈 줄 모
        르겠어.

주모   참말이가?

조지애   지난밤 야식으로 너무 많이 먹은 거 같애. 동동주에 메

밀묵에 송이버섯 구이에 겉절이에…….

주모　허기사 도회지 사람들의 배속은 으째 밴뎅이 속알머릴 닮았는지…… 우리 촌사람이 묵는 밥의 절반도 몬 묵더라마는

조지애　그리고 난…… 아점을 좋아한단 말이야.

주모　아점이란 거는 또 뭐꼬?

조지애　아침 겸 점심.

주모　얄궂네. 아침은 아침이고 점심은 점심이제.

조지애　호호호. 시골 사람들은 낮에 고된 농사일을 해야 하기 땜에…… 밤에는 잠을 자야할 테지만. 아침밥도 든든히 챙겨 먹어야 또 일을 계속할 수가 있을 테고. 그런데 나 같은 사람은 주로 밤에 일을 한단 말야.

주모　그라마 낮에는 니가 뭘 하는데?

조지애　낮에는…… 남이 볼 땐 빈둥거리는 거지, 뭐. 책도 읽다가 사람들도 만나고 커피를 마시며 음악도 듣다가 술도 마시고 담배도 피고…….

주모　…….

조지애　고모.

주모　와?

조지애　이번에 내가 쓸 소설의 주인공은…… 아마 여기 예천 고을 사람 누군가가 될 거 같애.

주모　예천 사람 누구?

조지애　응, 아빠가 불쑥 던져 준 이야기 꼬투리 하나가 있긴 한

데…… 아직 발설할 단계는 못 되고. 너무 막연한 상태
거든. 흡사 안개 속에서 서성거리는 어느 누구의 모습처
럼…… 그래서 생각을 좀 더 해보고 취재도 좀 더 해볼
참이야.

주모 취재?

조지애 사람들을 만나 뭘 물어 보거나 들어 보는 거. 오늘 나는
저 삼강을 따라 회룡포까지 걸어가 보면서 생각들을 가
다듬어 볼 작정이야. 오며 가며 사람들을 만나 취재도
해볼 거고.

주모 니가 으예 회룡포까정 다 아노?

조지애 고모, 내가 회룡포만 알 것 같애? 나 저 삼강에 대해서도
고모보단 더 잘 알고 있을 거야.

주모 삼강은 낙동강하고 금천하고 내성천인데…… 그 세 줄
기 강이 여게서 만난다는 것이고,

조지애 그럼 고모는 저 낙동강이 어디서부터 흘러 온 건지 그것
도 알아?

주모 그런 거야 모루제,

조지애 낙동강은 저기 태백산에 있는 황지라는 연못에서 비
롯되는 물이야. 금천은 문경 고을에서 흘러오는 물이
고…… 내성천은 봉화. 영주 땅에서 솟아난 물이고.

주모 니는 참말로…… 으예 그런 거까장 그렇게 아노?

조지애 공부를 해서 알지,

주모 듣다 본이…… 니는 밤낮으로 일마 하는 가시나 같네?

공부가 니한테는 일이 될긴 게.

조지애 고모. 나 오늘…… 고모가 이야기 해준 절름발이. 그 사람도 만나볼 거야. 그래도 별일 없겠지?

주모 (잠시 뜸을 들이다가) 내가 으예…… 니 할 일을 가로 막겠노?

조지애 내가 그 사람을 통해 무슨 엄청난 이야기를 듣게 돼도 아무 상관없겠어? 고모가 꼭꼭 숨기고 싶어 했던 어떤 이야기 같은 거?

주모 니는 고주알미주알 무슨 일들이나 다 알아야 글을 쓸 수가 있다는데…… 내가 으얄 수가 있겠어?

조지애 아, 배야. 잠깐만. 고모. (하복부를 움켜잡고 잠시 사이 두었다가) 고모, 걱정할 정도는 아니야. 작품을 구상할 때는…… 흔히 나타나는 배앓이 같은 거야. 의사들 말이……신경이 곤두서고 예민해지면 대장이 탈나기가 쉽다고 했어. (배를 움켜잡은 모습으로 일어선다)

주모 으야꼬? (급히 부른다) 상주댁, 상주댁.

상주댁 (급히 청마루 앞으로 와서) 와요, 성님?

주모 쟈가 뒷간에 가야 할 모양인데…… 그노무 뒤깐이 꽉 차서 발 디딜 틈도 없을 긴데 으야꼬?

상주댁 (손짓과 함께 조지애에게) 얼릉 날 따라 와요.

조지애가 하복부를 움켜잡고 대청마루에서 내려선다.

상주댁은 조지애를 데리고 부엌 앞까지 걸어 와서 멈춘다.

상주댁   (집 뒤를 가리키며) 저 뒤안에 가 보마 요강이 있을 깁니더.
            거서 볼일을 보시이소. 지금은 거기를 넘볼 놈들이 하나
            없심더.

조지애   아, 좋이.

상주댁   아, 참! 밑 닦을 종이가?

            상주댁이 급히 부엌에 들어갔다가 화장지 대용으로 사용할 신문지
            를 갖고 나와 내민다.
            조지애가 급한 나머지 신문지를 받아 들기 바쁘게 집 뒤로 퇴장
            한다)

            F.O.

제3장

제2장과 같은 날의 한밤중.

역시 달밤이며 귀뚜라미가 울고 백열등이 대청마루를 밝혀 주고 있다.

대청마루에는 밥상보에 뒤덮인 음식상이 놓여 있고, 그 앞에 주모가 혼자 앉아 깊은 생각에 빠져 있다.

밖에서 요강을 들고 청마루에 오르던 상주댁이 흘깃 주모를 건너 보고 그냥 지나쳐 가려다가 입을 연다.

상주댁   성님.

주모   (소스라치게 놀라) 깜짝이야.

상주댁   노곤해 뵈는데…… 고마 들어가 주무시이소. 오늘 따라 손님들이 어떻게나 많았는지…… 성님이 고마 죽을 고 생 했심더.

주모   죽을 고생이야…… 자네가 더 했제.

상주댁   저야…… 그냥 헤픈 웃음이나 흘리면서 이리저리 들락 거린 기 전분데요, 뭐.

주모   그런 일이 어디 쉬운 일인가? 내는 죽었다 깨어나도 그런 재주는 몬 피울 기라 했었제? 손님들은 건성인지 장사속 인지 금방 알아 채릴 긴데…… 장사속일지라도 손님 비위 에 거슬리는 티를 내지 않기가 쉽지 않단 말이제.

상주댁 헤헤헤. 지는 팔자가 고마 요롷게 살게끔 생겨 묵었심더.

주모 (기지개를 켜면서) 지애가 오는 걸 봐야 잠이 올 긴데······ 서른 살이 넘었지만도 머슴아가 아인 게······ 영 마음을 놓을 수가 있어야제.

상주댁 지가 기다리고 있겠심더.

주모 (상주댁이 들고 있는 요강을 보다말고) 가만이 본이······ 자네는 참말로······ (하다가 급히) 아, 아닐세.

상주댁 (지레 짐작이듯 요강을 들이밀어 보이며) 성님한테 귀한 손님은······ 저한테도 귀한 손님인데······ 으야겠는교?

주모 그렇기는 하제.

상주댁 그렇기는 한데······ 또 무신 뒷말이 남은 것도 같네요, 성님?

주모 고만 둡세.

상주댁 찝찝합니더.

주모 지애가 내일은 가겠다꼬 하던데······ 내가 무지랭이라 무신 말을 어찌해야 갸가 좋아할지······ 그런 걸 몰라 답답하기만 했던 걸세.

상주댁 고마 됐심더. 지애도 영악하기가 이를 데 없던데요, 뭘. 우리가 아무 말 안 해도······ 우리 마음 죄 아는 거 같습디더.

주모 (긴장하여) 자네가 갸한테서 어떤 말을 들었는데?

상주댁 성님 쫌 잘 도와주라는 투로······ 성님을 감싸고 돕디더. 성님이 욕 아닌 쌍말을 입에 달고 사는 까닭도······

족집게 도사맹키로 집어 내면서. 지가 깜짝 놀라기까장 했심더.

주모   갸가 뭐라 캤는데?

상주댁   성님이…… 여서 일한 뜨내기 계집년들을 수십 년간 상대해본 결과로…… 걔들 대개가 겉 다르고 속 다르다는 걸 뼈저리게 알게 되었을 기고. 그래서 고마 성님 입이 걸게 되었을 거라꼬 했심더. 여서 일했던 년들 모두가 성님 속만 썩히다 떠났을 거라는 말도 덧붙이면서.

주모   갸가 너무 똑똑해서 내가 겁을 묵고 있는지도 모를 일이제. 아즉까장 내는 똑똑한 여편네 좋아할 남자를 만나본 일이 없은이.

무슨 대꾸를 하려다 말고 참아 버리고 상주댁은 안방으로 들어가서 요강을 두고 다시 나온다.

그 사이에 주모는 자작으로 술 한 잔을 마신다.

주모   자네도 여게 앉아 봐. 갸가 언제 올지도 알 수 없은이…… 한 잔 하면서 기다려 보자꼬.

상주댁   (주모를 마주 해서 앉으며) 좋심더. 까짓 거. 원님 덕에 또 한 번 나발이나 불어 봅시더.

주모가 상주댁의 술잔을 채워 준다.

상주댁이 한 잔 죽 마신다음, 주모의 술잔을 채워 준다.

상주댁　성님도 또 한 잔!

주모　좀 천천히 돌리자꼬.

상주댁　성님. 우리가 취해갖고 여서 벌렁 나자빠져도…… 우리
업어갈 사람 하나 없심더.

주모　내는 몰라도…… 자넨 달러. 은근히 자넬 노리는 놈들이
한둘이 아닌 게. 내한테 중매까정 원한 놈들이 한둘이
아녔단 말일세.

상주댁　성님도 아시면서 와 또 그런 말씀을? 내도 무지랭이라
가나오나 그저 식당, 술집, 다방, 룸싸롱 같은 데서마 일
해 봤다니까요. 그래서 근근이 살아오긴 했는데…… 헤
헤. (푸념조로) 인생이 쫌 외롭고 고달프단 생각이 들어 갖
고 "이 한 놈만 내 언덕으로 삼고 좀 편히 살아 봐야지"
하고 몸을 맡겨 본 적도 없질 않았심더. 그란데 성님 말
씀마따나…… 결국에는 그놈이 그놈이었심더. 어떤 놈
은 문딩이 콧구멍에서 마늘을 빼먹듯이 피고름 냄새만
나는 내 돈마 노리기도 했고, 어떤 새끼는 내 몸마 노리
갯감으로 여기며 내를 때리기까정 했심더.

주모　(한숨) 새삼스런 이야기들도 아이제. 서울 놈이나 부산 놈
이나…… 놈이란 놈들은 몽땅 한통속인 게.

상주댁　성님한텐…… 년들도 몽땅 한통속이겠지요, 뭐. 내도 그
년들 중의 한 년이 될 기고.

밖에서 외출복 차림의 조지애가 등장한다.

조지애   (까꿍 하듯) 고모!

주모   (일어나며) 온이야. 이제사 오는구나.

주모를 따라 상주댁도 일어난다.

조지애   두 분이서 합동작전으로 나를 기다렸나 봐?

주모   (밥상 앞자리를 가리키며) 어이 여게 앉아라, 보자.

조지애   (청마루에 올라선 다음 아무렇게나 퍼질고 앉으면서) 오랜만에 오늘 바람처럼 구름처럼 걷고 또 걸어 봤어.

주모   (조지애 곁에 앉으며) 어델 그렇게 쏘다녔단 말고?

상주댁도 조용히 주모 곁에 앉는다.

조지애   내성천이 유유히 한 바퀴 휘돌아 아주 아름다운 운치를 만들어 내고 있는 저기 저 회룡포를 나도 한 바퀴 휘돌아 봤어. 삼국을 통일했던 신라가 세운바 있었다는 장안사 절터를 찾아…… 비룡산에도 한 번 올라가 봤고.

주모   하이구. 얼매나 시장할고? (밥상보를 벗긴다) 펏뜩 뭘 좀 묵어라. 니 이모가 이 밥상 채린다고 갖은 애를 다 써더라. 이 산채나물도 니 땜에 새로 무치더라.

조지애   호호호.

주모   와?

조지애   "밥이나 묵고 저승에 왔나?"

주모	거기 무슨 소리고?
조지애	고모가 저승에 가있고…… 내가 죽어 고모를 만나게 되면…… 그때도 고모가 나한테 할 말이야.
주모	그런 거는…… 그때 가 봐야 알 일이고.
조지애	(밥상을 지켜보다가) 이 밥상 진수성찬 같은데…… (상주댁을 건네 보며) 미안해서 어떡하죠? 배가 안 고파.
주모	으예 니 배속은…… 남의 속을 그러케도 몰라 보노?
조지애	그런 게 아니라 고모. 나 일삼아 이런 저런 시골의 토속 음식들을 맛보기로 했던 거야. 청포묵도 사먹어 봤고…… 돼지 순대국밥도 먹어 보고. 산채 비빔밥도 얻어 먹어 봤고.

조지애가 손으로 산채나물을 집어 먹어 본다.

조지애	(상주댁을 향해) 고마워요, 이모님. 좀 있다 맛있게 다 먹을게요. 우선 동동주부터 한 잔 마시고요.
상주댁	(조지애에게) 아, 그럴 거 없심더. 억지로 먹은 음식은 체하기가 일숩니다.
주모	그래. 으예 음식을 억지로 묵노?

주모가 술잔을 채워 내밀자 조지애가 그 술잔을 받아 들고 죽 들이킨다.
술을 마신 조지애가 상주댁 술잔에도 술을 따라 준다.

조지애 이모. 난 장차…… 이모님을 도저히 잊을 수가 없을 것 같아요.

상주댁 갑자기 무슨 그런 말을?

조지애 아점밥상의 매운탕도 좋았지만…… 이모는 요강을 들고 다니며 나를 감동시켰거든요. 시골로 간다니까…… 엄마는 당장…… 시골에선 변소 갈 일이 걱정거리라 했는데…… 그때 나는 작가한텐 체험이 중요하다는 의미로 "난 작가예요" 하는 말로 엄마 입막음을 했었지만요…… 내심으론 나도 태산 같은 걱정을 하지 않을 수가 없었거든요.

주모 내는 또 몬 알아듣겠네.

조지애 이모님이 요강을 들고 다닌 일은…… 마치 엄마가 아기 기저귀를 갈아 주는 일 만큼이나 자상한 배려 같이 느껴졌다는 말이에요.

주모 인자 대충은 알아들었는데…… 그래, 내도 미쳐 니 뒷간 일은 생각조차 몬 한 일이 되긴 했다.

상주댁 아입니더. 시골 뒷간들이 더럽고 무서봐서 도회지 사람들이 드나들기 꺼린다는 걸 진작부텀 알았기 땜에 설핏 그런 생각을 했던 거지요, 뭐. (술을 마신다)

조지애 (주모의 술잔에 술을 따라주며) 고모, 오늘 나 기분이 좋았다. 아주 째질 만큼. 이 술이 꿀맛같이 느껴질 만큼.

주모 으얀 일로?

조지애 바야흐로 소설 한 편이 쫙 쓰여질 거 같거든. 단편으로 써야 할지 중편으로 가야할지 그건 미정이지만…….

주모 니 기분이 좋다칸이 내도 덩달아 좋긴 한데…… 단편은 뭣이고 중편은 또 무슨 말고?

조지애 (주모의 말은 들은 둥 만 둥하며) 고모도 알 거야. 매호동의 안동댁 이야기.

주모 (눈이 휘둥그레진다.) 매호동의 안동댁?

상주댁이 조건 반사적으로 움칠하고, 바짝 긴장했다가 얼른 일상의 분위기로 가장한다. 조지애는 눈치채지 못하지만 주모는 상주댁의 그런 행동을 눈여겨본다.

조지애 나 그 여자 일대기를 소설화할 거야. 실은 오늘도 나 그 여자 이야기를 취재하러 다녔거든.

주모 그랬구나?

조지애 예천 사람으로 그 여자를 모르면 간첩이란 말까지 나돌았다던데?

주모 그런 이야기 내도 들었다.

조지애 혹시 고모는 그 여자의 본래 이름을 들어 본 적이 없었어? 아직까지도 내가 못 밝혀낸 건…… 그 여자의 본명 석 자야.

주모 그런 거는 내 알 바가 아니제. 궁금하지도 않았은 게.

조지애 왜?

주모 그년은 아주…… 개 같은 화냥년으로 소문이 나돌아 다

넜은 게.

조지애 고모. 세상인심이란 원래 아주 고약한 거야. 누굴 칭찬하기에 앞서 남을 헐뜯고 흉을 보거나 개인의 진실을 무시하려 들기가 다반사란 말야.

주모 그렇게 어려븐 이야기도 내는 모루겠고…… 그란데 말다. 니는 하필 와 그런 년 이야기를 쓸라카노?

조지애 독자들이 그런 년 이야기를 좋아할 거 같아서야.

주모 뭐라꼬? 그라마 독자란 기 참 얄궂기도 하구마.

조지애 독자는 책을 사서 읽어 보는 사람들을 말하는 거야.

주모 그라마 점점 더 희한하제. 와 돈을 주고 그런 걸레짝 같은 년 이야기를 읽는단 말고?

조지애 (오른손으로 자기 머리를 긁적이며) 아, 고모한테 지금 현대문학의 이해를 강의해 줄 수도 없는 일이고…… (사이) 고모. 화냥년한테도 사람을 감동시킬 수 있는 진실이 있을수가 있는 거야. 소설가는 그런 진실을 찾아다니는 사람이 되는 거고.

주모 그라마…… 그년의 진실이라는 기…… 도화살이고 역마살이 된다는 말가?

조지애 어? 뜻밖에도 고모 입에서 아주 흥미로운 개념이 흘러나오네? 도화살이란 병적으로 남자를 밝힌다는 뜻도 되고…… 역마살이란 떠돌이 병이란 말도 되는데? 그래, 그 여인한테 도화살이 끼어 있고…… 역마살이 붙어 있었다는 가설도 흥미로운 전제가 될 것 같은데?

주모   (문득 생각이 난 듯) 아, 상주댁.

상주댁   (애써 천연덕스럽게) 와요, 성님?

주모   그 화냥년에 대해서는 자네가 훨씬 더 잘 알긴데…… 옛날 왜정시대 때 일이지만…… 동네 똥개들도 다 안다는 그 와 매호동의 안동댁?

상주댁   ……?

주모   시방 우리 지애가…… 그년 이름이 궁금타고 하는데?

상주댁   (시침을 뚝 따고) 내도 들은 거 같기는 하지만…… 하도 오랜 전의 일이라 가물가물 합니다.

조지애   (상대방들을 의식하지도 않은 채) 그럴 거예요. 팔일오 해방이 되기도 했고…… 그 직후에 날벼락이라도 얻어맞듯 우리 한반도가 남북으로 갈라져서 분단이 되기도 했고…… 극심한 좌 · 우 이념적 갈등의 시대를 겪기도 했다가 급기야는 육이오 전쟁까지 치러야했던 통에 안동댁이란 그 여인의 향방은 안개 속으로 사라져 버렸을 테니…….

주모   지애야, 우리는 또 몬 알아듣겠다.

조지애   아, 걱정 마. 소설의 주인공 이름이야 작가가 갖다 붙이면 될 일이고…… 그 여자의 성장 배경 따위도 주제에 어울리게 작가가 만들어 붙일 수 있는 일이야. (하다가) 그 여자의 성명으로 당장 권영자가 떠오르기도 하네. 안동은 권씨 세도로 유명했던 고을이고…… 일제 시절에 여자 이름에는 영자, 순자, 미자, 덕자, 정자, 송자 …… 하고 자자 돌림 천지였으니.

주모   아, 지애야, 그 안동댁 이야기는…… 너 아부지가 잘 알
         고 있을 기다.

조지애   고모. 사실은 있잖아? 안동댁이란 꼬투리…… 아빠가 일
         러 주신 거였어.

주모   …… 그랬구나.

조지애   하지만 아빠 이야기는 아빠 이야기고…… 고모 이야기
         는 고모 이야기가 되는 거야. 작가는 하나의 사건 앞에
         서도 여러 사람의 이야기를 두루 듣고 참고해야 하거든.
         그래야 작품의 입체감을 살릴 수가 있단 말야.

         상주댁이 충동적인 동작이듯 자작으로 술을 마신다.

주모   (상주댁의 행동을 저지하며) 아니, 이 사람이? 와 그리 급작
         시리?

상주댁   오늘밤에는…… 술이 좀 댕기네요, 성님.

조지애   고모. 고모가 알고 있는 안동댁은…… 대체 어떤 여자
         였어?

주모   (술 한 잔을 마신다.) 그년…… 내가 알고 있는 그년 말다. 가
         시나로 살 때부텀 꽤나 이뿐 년으로 소문이 났었제. 물
         동이를 이고 가는 그 가시나 방뎅이 뒤에서는 동네 수
         캐들도 침을 흘렸다는 우스개 소리까장 나돌 지경이
         었다칸이. 그런 소문들이 유 대감 귀에 흘러들어 간 건

지…… 아이마 얍삽한 중매쟁이 농간에 유 대감이 깜박
넘어 가고 말았는지…… 그런 건 잘 모를 일이고…… 하
여간에 그 가시나가 매화동 유 대감댁 며느리가 되었더
란 말이제. 그라고 미인박명이란 문자를 따라갖고 그년
의 팔자도 쫌은 기박해서…… 그년 신랑이 또 일본 동경
으로 유학까정 가서…… 신식 공부를 한 사람이라……
혼인을 하고 몇 달 후에는 고마 훌쩍 만주로 떠나 버렸
제. 독립운동인가 뭐를 한답시고. 아, 그런 기 아이다. 처
음에는 그 신랑이 어데로 가서 뭘 하는지 아무도 몰랐었
다. 마침 같은 마을에서 왜놈 순사 노릇을 하던 우일구
란 놈이 유 대감 댁을 들락거리기 시작하면서…… 그 댁
의 아들이 독립군이라는 소문이 나돌게 되었던 거제.

조지애 (상대방 이야기를 유도하는 의미에서) 아직까진 뭐 그렇고 그런
이야기에 불과하고.

주모 그렇제? 그런데 악질 왜놈 앞잡이 노릇을 시작했던 우일
구란 그놈이 유 대감 댁을 드나들기 시작하면서부텀 유
대감네 집안이 고마 무너지기 시작했는데…… 우일구란
그놈이 무슨 지랄을 어떻게 했는지는 잘 몰라도…… 유
대감이 화병을 얻어 몸져 누웠다가 결국에는 죽게 되었
고…… 만석꾼의 재산도 공출입네 헌납입네 뭐네 하는
말로 왜놈들이 죄 빼앗아갔고.

조지애 일제가 생사여탈권을 쥐고 있던 시절이라. 그럴 수도 있
었을 거야. 아, 생사여탈권이란…… 사람의 목숨을 죽이

	고 살릴 수 있다는 권리인데…… 일제 시절에 일본은 우

고 살릴 수 있다는 권리인데…… 일제 시절에 일본은 우
리 조선인의 목숨을 파리 목숨으로 여겼다는 말이야.

주모　그랬는데, 시가가 허물어지자…… 또 기막힐 일이 생겨
났는데…… 베라묵을 안동댁이란 고년이 고마 여우로
둔갑을 해버렸다칸이. 그것도 하필이마 우일구란 그 악
질 왜놈 앞잡이랑 붙어먹기 시작을 했은이.

조지애　해서 안동댁이 도화살이 붙은 여자란 말이 나돌기 시작
했겠네.

주모　그래도 해방이 되기 전까장은 사람들이 저들끼리 수군
거리고 쑥떡거리기만 했었제. 우일구란 그 순사 놈 눈
밖에 나게 되마 고향땅에서 살아남을 수가 없었은이. 그
랬는데 해방이 되자 둑이 터지고 막혀 있던 물이 쏟아져
내리듯이 동네사람들이 벌떼처럼 들고 일어나 쇠스랑이
나 곡갱이 같은 걸 들고 우르르 몰리 가서 우일구란 그
놈을 육시를 하다시피 때리 죽인 다음에 또 그놈의 시체
를 뒷산 골짝에 내던져 까마귀밥이 되게 했제.

조지애　아, 그래서 그 여자의 역마살이 도질 수밖에 없었겠네.
그 여자는 결국 고향을 떠날 수밖에 없었을 테니

주모　잠깐 마! 지애야, (상주댁을 건너보다가) 그란데 입담 좋기로
둘째가라마 서러뷔 할 자네가…… 와 오늘 밤에는 꿀 묵
은 벙어리 꼴이 되었는가?

상주댁　(시니컬한 어조로) 성님 이야기가…… 아주 재미있네요, 뭐.

주모　내는 한 평생…… 이 주막에마 붙어 산 년인 게…… 뜬

구름 같은 소문마 듣고 살아 왔을 뿐인데. 자넨 어릴 적에 매호동 이웃 동네에서 살았은이 내 보담은 더 잘 그년의 이야기를 알 긴데?

상주댁이 다시 자작으로 술을 마신다.

조지애 (반기는) 오, 그게 사실이에요, 이모님?

상주댁 헤헤. 그런 일이 있었는지…… 없었는지…… 내는 잘 모르겠는데요?

주모 이 사람아, 언제가 술 바람에 자네가 설핏 그런 소릴 내비쳤네. 내도 그땐 들은 둥 만 둥 했었지만.

상주댁 (취기로 말하듯) 성님이 그렇다 카이…… 그런 일이 있었겠네요, 귀신 같은 성님 기억력을 당해 낼 사람은 없는 게. (부엌을 가리키며) 외상 손님을 내 보낼 때…… 저 정지 비름박에다 막대기 그림마 그려놓고 성님은 훗날 그 그림마 보고 수년전의 외상술값도 받아내던 사람인 게. 그렇다고 조카 앞에서 성님을 악착같은 주모라꼬 헐뜯자는 소리는 아닙니다. 성님은 이날 입때까정 외상술값 독촉을 해본 적이 단 한 번도 없었고 술값으로 단돈 일 원도 더 받거나 덜 받을 줄도 모르는 분이라는 거를 내도 잘 압니다.

주모 하매 자네가 동동주에 취해 갖고…… 이야기 두서를 몬 찾아…… 그런 엉뚱한 소리마 하는 거겠제?

상주댁	(취기에 못 이겨 횡설수설이라도 하듯) 헤헤헤. 취중에 하는 허튼 말들 속에 진담이 들었담서요, 성님?
주모	그런 말도 있지만은……자넨 으째서 시방 정신 줄을 놓은 사람같이 그러케 허물 거리는 꼴이 되어 버렸는가?
상주댁	(조지애를 향해) 취하자꼬 마시는 게 술이람서요?
주모	……?
상주댁	조카님!
조지애	네. 이모님.
상주댁	조카님은 참말로…… 안동댁이란 년 이야기를 글로 써볼 생각이우?
조지애	네.
상주댁	와 그 글을 써야하는데요?
조지애	사실은 원고 독촉 땜에…… 피가 마를 지경이 되어 있으니까요.
상주댁	원고 독촉?
조지애	네. 작가가 약속한 원고를 제때 못 넘겨준다는 건…… 남의 큰돈을 못 갚은 채 성질 고약한 채권자 앞에 서게 된 일보다…… 더 치명적인 압박감에 시달리기 마련이니까요.
상주댁	그라마…… 안동댁에 관해서 뭐가 그리 궁금하단 말인교?
조지애	(사이) 어쨌거나 그 여자는 독립군의 아내였는데…… 어떻게 독립군을 박멸의 대상으로 여기는 우일구란 그 악질 일본 앞잡이의 아내가 될 수 있었는지…… 그 부분에

서 납득이 잘 가질 않아요.

상주댁   헤헤헤. 성님. (큰 소리로) 성님요.

주모   내가 아직 먹보는 아이네.

상주댁   성님이 알고 있는 그년에 대한 이야기 그거…… 한 마디로 달밤에 개 짖는 소리 같았심더.

주모   자넨 지금…… 술주정을 하려는 겐가?

상주댁   예. 술 취한 개들은 함부로 오줌도 좀 싸대는 거겠지요?

주모   (정색을 하고) 여보게, 상주댁!

하는데 조지애가 손짓으로 주모의 말문을 막아 버린다.
주모도 조지애의 뜻을 알아듣고 그 뜻을 받아들인다.

상주댁   내가 아는 안동댁. 성님이 아는 거 같이 그렇게 나쁜 년도 아이고…… 걸레짝도 아입니더. 내가 아는 그년은 그저 질경이 같은 꼴로 겨우 살아남은 목숨이 되었심더.

상주댁이 다시 자작으로 술을 마신다.
주모와 조지애도 비로소 상주댁이 취중에 허튼 소리를 하고 있지 않다는 사실을 피부로 느낀다.

상주댁   그 가시나 시집가기 전의 일이랍디더. 그년 어매가 한밤중에 살포시 딸년의 손을 잡고 이렇게 일러 주었답디다. "야야, 시집을 가마 말다, 신랑이 집쩍거리마 군소리 말고 네 젖통도 내 주고…… 그 사람이 원하마 옥문도 열어줘야 하는 기다. 옥문이 뭔지는 니도 인자 알제? 그라고 신랑을 하늘로 알고…… 신랑이 하자는 대로 고분고분 다 따라 줘야 하는 기다. 소박을 당하지 않고 그 집 귀신이 될라카마 별 도리가 없는 기다. 시집을 갔다카마 니 몸은 고마 신랑 것이 되고 마는 법인 게. 그라고 으옛던지 고추를 낳아야 한데이. 시댁의 대를 이어 주어야 해" (사이) 그란데요, 성님. 그년의 신랑은 단 한 분도 지 여편네를 집적거리질 않았답디더. 한 이불을 덮고 잠을 자면서도. 안동댁 그년의 몸도…… 점차 뜨겁게 달아오르기 시작했고…… 마음도 싱숭생숭…… 넘사시런 그 짓이 고추를 만드는 일이 되고 시가의 귀신이 되는 일이란 걸 알게 되었지만도…….

상주댁이 다시 자작으로 술을 마신다.

상주댁 벨라묵을 이야기를 하다본이 생각이 또 나네요, 성님요, 그년은 첫날밤에 이런 말도 들었답디더. 신랑한테서요. "니한테는 미안한 일이다마는 안 있나? 내는 양심상 니 신랑 노릇을 지데로 몬 해 줄 거 같다. 니한테마 살짝 귀띔을 해주겠는데…… 니마 알고 있거라. 때가 되마 내가 니 살길을 따로 만들어 줄긴 게. (사이) 내한테는 안 있나? 일본 유학 시절 도오꾜에서부터 사랑했던 여성 한 사람이 있었다. 서울에는 살림집까정 있단 말다."

주모 세상에. 저런…… 저런 고얀 놈이! 명색이 양반집의 자식이란 놈이?

조지애 고모, 일제 시절에는 흔히 있을 수 있는 일들이었어. 자식들의 혼사에 대한 결정권을 부모들이 틀어쥐고 있었잖아? 자식이 되어서 부모의 명을 거역하면 불효가 되어 용서받지 못한 패륜아 취급을 당해야했고.

상주댁 (흔들림 없이) 안동댁…… 팔일오 해방 이전에는 참말로 뭐가 뭔지 몰랐답디더. 알 수조차 없었답디더. 으야다 우리 조선이 일본한테 잡아 묵혀갖고 가즌 핍박을 당해야만 했는지. 조선의 독립이란 기 무슨 뜻이고…… 일제 앞잡이 짓이란 기 뭣인지…… 와 독립운동을 해야 하고 친일이 뭣이고 항일이 뭣이고…… 그런 거를 하나도 지대로 몰랐답디더. 겨우 귀동냥으로 무슨 어림짐작을 쫌 했다 한들 소용없는 것들이 될 수밖에 없었고요. 어데서 입에 올릴 경우도 생겨날 리 조차 없었은이.

조지애 그 말도 맞고요. 동서고금의 역사를 다 들여다봐도…… 결국 약소국의 민초들만 불쌍한 희생양이 되기 마련이었죠. 뭔가 뭔지도 잘 모르는데 선택만 강요당하기 마련이었고…… 남자들은 까닭모를 전쟁터에서 총알받이 노릇만 해야 했고…… 여인들은 점령군의 성적노리개가 되거나 승전국의 창녀로 전락하기가 일수였죠.

상주댁 …… 그라고 그년의 시댁 살림이 망하게 된 일도…… 왜

놈들한테 강탈을 당해 그렇게 된 것만도 아이랍디더. 남 몰래 만주로 간 아들이 원하는 돈을 마련해 주다가 그렇게 되고 말았답디더. 헤헤헤. 해방이 되고 그년의 두 번째 신랑이 동네 사람들로부터 몰매타작을 당해 뒈질 때까정 그년도 까맣게 몰랐답디더. 첫 번째 신랑이 독립운동을 했다는 거. 그년은 신랑이 서울에 살고 있는 신여성 살림집에 있을 줄로만 알았답디더.

조지애   시대상황은 잘 몰랐다 치더라고…… 안동댁이 하필이면 왜 왜놈 앞잡이가 된 우일구를 두 번째 남편으로 삼아야 했는지…… 그 일은 정말 이해하기가 어렵다고 했는데?

상주댁   (한숨을 쉰다.) 시집을 가기 전에 안동댁과 우일구란 그 총각…… 은근히 서로 좋아 했었답디더. 손가락까장 걸고 무슨 맹세를 한 적은 없었지만도. 그랬는데 가시나는 부모님의 명이라 암말 몬 하고 시집을 가야마 했고…… 그년이 시집을 간 그날 밤에…… 우일구란 그 총각은…… 여게 삼강 나루터 주막에서 밤새도록 술을 마시고 엉엉 울기만 했었답디더. (주모를 건너본다)

조지애의 시선도 주모를 향한다.
주모가 기억하고 있다는 듯 고개를 끄덕여 준다.

상주댁   우일구란 그 사람…… 가시나가 시집을 가고 없는데도…… 부모가 아무리 닦달을 해도 달리 장가들 생각을

몬 했답디더. 시가 살림이 거덜이 났을 때서야 안동댁도
귀동냥으로 우일구란 총각이 왜놈앞잡이 노릇을 하며
조선 사람들을 괴롭힌다는 소문을 자세히 듣게 되어 가
슴이 아팠답디더. 안동댁의 마음속에 남아 있는 우일구
란 그 사람은 착한 순둥이에 미련 곰탱이였기에. 그러다
우연히 두 사람이 호젓한 골목길에서 마주치게 되었을
때…… 안동댁이 큰맘묵고 우일구란 그 사람한테 이렇
게 말했답디더. "내도 소문을 들었는데…… 니는 와 하
필 악질 왜놈 앞잡이가 되 갖고 조선 사람만 괴롭히노?"
그러자 우일구가 서둘러 이런 말을 했답디더. "니마 내
한테 온나. 그라마 내는 니가 해주는 말대로 살아 줄 게.
그라고 안 있나? 내도 다 아는데 니는 미련스레 그 집
에 눌어붙어 봤자 말짱 헛일이다. 니는 알란지 모르겠는
데…… 유진호란 그 친구 부인은 서울에 따로 있다. 그
라고 머잖아 일본제국이 천하를 통일할 긴데……" 안동
댁은 그 사람의 말을 믿지 않을 수도 없었답디더. 실제
로 우일구란 그 사람도 안동댁을 맞이한 다음부터 사람
이 달라지기도 했었답디더.

주모　　(울컥하는 심정으로 상주댁의 손을 잡으며) 오호…… 상주댁!

주모와 상주댁이 두 눈이 허공에서 마주친다.
한동안 침묵이 흐른다.

주모	긴가 민가 했는데…… 상주댁이 바로 그년이었구마.

상주댁이 주모의 손을 뿌리치다시피 하고 일어난다.

조지애	네? 이모가? 세상에! 세상에?

사이.

조지애	(일어나 상주댁과 마주 서며) 감사해요, 이모님.
상주댁	뭣이 감사하단 말인교?
조지애	실로 입에 담기 거북한 얘기들을 들려주셨잖아요?
상주댁	그라마…… 인자 그 소설 쓸 수가 있겠는교?
조지애	네. 자신이 생겼습니다. 지금까지 취재 한 자료에다 제 상상력을 더하면 한 편의 완벽한 소설이 될 거 같아요.

상주댁은 허공을 향해 눈을 감고 서 있다가 방석 더미 위에 덥썩 몸을 싣고 얼굴을 두 손으로 감싼다.
조지애가 무슨 작정이라도 한 듯 밥상 앞에 다시 앉으며 자작으로 술 한 잔을 마신다.

조지애	고모.
주모	와?
조지애	나 오늘 회룡포 부근의 대인리란 마을에서…… 절름발

이 그 어르신을 만나도 봤어.

주모   (당황하지만) 그랬구나?

조지애   그 어르신의 이야기를 들으면서…… 나는 웃어야 할지 울어야 할지…… 통 갈피를 잡을 수가 없었어.

주모   무슨 말을 들었는데?

조지애   고모도 이제 이모처럼…… 나한테 들려 줄 이야기가 있을 것 같은데? 차마 입에 담기 거북한 이야기?

주모   무신 말을? 내는 잘 모루겠다.

조지애   고몬 언제까지 그렇게 시치미만 뗄 거야?

주모   내가 무슨 시치미를 뗐단 말고?

조지애가 다시 자작으로 술을 마신다.

조지애   결국 내가 먼저 운을 떼야 한단 말야? 나 절름발이 어르신한테서 아주 많은 이야기를 전해 들었다니까.

주모   그래, 무신 말을 들었단 말이고?

조지애   고모부는 말썽꾸러기 악동이어서…… 어릴 적부터 험하게 몸을 함부로 돌렸다며? 그래서 화류병에 걸린 적도 많았다며? 해서 아버지가 될 수 없는 남자의 몸으로 고모를 만났다던데?

주모도 자작으로 술 한 잔을 마신다.

조지애 고모. 말해 봐. (자기 가슴을 치며) 누구야? 나의 친 아버지?

주모 ······?

조지애 고모는 왜 자기 딸······ 오라버니한테 던져 준 거야? 그게 고모부의 뜻이었어? 아님 고모부가 무서워서? 이런 저런 까닭 같은 거 나름대로 짐작할 수도 있지만······ 난 직접 한번 들어 보고 싶단 말야.

주모 (놀라움에서) 그라마 니는······ 알고 있었단 말가?

조지애 (사이) 알면서도 모른 체하며 살 수밖에 없었어.

주모 오라버니는 입 한번 벙긋하지 않았다고 했는데? 서울의 니 어매도 니를 친딸로 알고 예뻐만 해 주었다던데?

조지애 (사이) 맞아. 남동생이 태어나기 전까지는. 내가 우리 집의 공주님이었어. 남동생이 왕자로 태어나면서부터 사정이 달라진 거야. 엄마는 나를 여섯 번째 손가락으로 여기려 들었거든. (사이) 남동생이 다섯 살이 되었을 때······ 그는 멋모르고 나한테 이렇게 일러 주기도 했었어. "엄마가 그러는 데 있잖아? 누나는 엄마 딸이 아니래, 고모가 진짜 누나 엄마래" 호호호. 여섯 번째 손가락은 자기를 잘라내는 수술을 당하지 않으려고 눈칫밥을 먹으며 자라날 수밖에 없었던 거야. 말썽을 부릴 줄도 모르는 정숙하고 착한 여학생이 될 수밖에 없었고.

주모 (자기 가슴을 치며) 이제사 니가 와 술을 마시고······ 담배를 피우게 되었는지 알만 하구나.

조지애 고모부는 (자기 가슴을 치며) ······ 이 가시나가 당신의 친딸이 아닌 걸 알았음에도 불구하고 모른 척 해주기로 했다 손 치더라도…… 고모는 주모 노릇하기에 바빠 도저히 아이를 기를 수가 없었던 거겠지? 걸핏하면 주정뱅이가 깽판도 부리고 시발 조팔 하는 쌍말과 살벌한 주먹다툼이 벌어지기도 했을 주막이란 분위기가 도저히 아기를 기를 수 있는 환경이 못 되었던 거겠지?

주모가 자작으로 술 한 잔을 더 따라 마시고, 술 한 잔을 따른 다음 상주댁을 부른다.

주모	상주댁!
상주댁	네. 성님.
주모	여게 쫌 앉아 보게.
상주댁	(주모 곁에 다가와 앉으면서) …… 뭐할라꼬 성님은 자꾸마 이 년을 찾는교?
주모	내도 지난 오 년 동안 참아마 왔는데…… 인자 물어 볼 때가 된 거 같구마. 상주댁이 와 하필 우리 집에 빌붙어 살라고 했는지. 자네만치 반반한 얼굴에 좋은 주변머리라카마 비까번쩍하는 도회지 식당이나 술집에서 일할 만한 데도 쎄 빌렀을 긴데?

상주댁이 자작으로 술 한 잔을 더 마신다.

상주댁	성님.
주모	얼릉 대답이나 한 번 해 봐.
상주댁	알면서도 와 자꾸 묻는교? 한 분 들은 이야기는 절대로 잊어 먹는 법이 없는 성님인데?
주모	자넨 그때 하찮은 여편네 과거지사 알아봤자라면서…… 아직까지 넘 해코지 해본 적 없이 살아 온 여편네인 게…… 그냥 받아만 달라고마 했었네. 나도 자네 인상을 보아하니 그럴 꺼 같아서 고마 알았네 했었고.
상주댁	예. 그라고 지금까지 우리는 탈 없이 잘 살아 왔네요, 뭐,
주모	아—. (고개를 가로 저으며) 아무래도 상주댁은…… 차마 더 이상 말문을 열 수가 없을 거 같구마. (사이 두었다가 부른다) 지애야.
조지애	응, 고모?
주모	내가 큰맘을 묵고 말 하겠는데…… 여게 이 상주댁이 니 생모가 틀림이 없을 기다.
조지애	방금 뭐랬어? 고모?
상주댁	(발딱 일어나며) 성님은 벌써 노망이 들었는교? 으예 그런 실없는 말까장 입에 담는교?
주모	(일어나며) 실없는? 자넨 내가 언제 실없는 말 하는 꼴을 본 적이 있었는가?
조지애	고모. 나는 고모를 나의 생모로 알고 있었어. 그런데 저 이모님이 나의 생모란 말은 또 뭐야?
상주댁	(조지애를 향해 두 손을 내저으며) 아,…… 내는…… 내는……

73

내 딸을 버린 적이 없심더. 짐승도 지 새끼는 끼고 도는데 으에 어미가 지 새끼를 버릴 수가 있겠는교?

주모 지애야.

조지애 (상주댁을 향해) 호호호. 내 소설의 주인공이 나의 생모라니? 내가 소설 속의 등장인물이 되어야 한다니?

주모 (조지애에게) 지애야, 내한테 저 상주댁은 참말로 속모를 사람이었다. 상주댁도 저간에 우리 주막을 그쳐간 수많은 여자들 중의 한 사람이었어. 저 상주댁이 매호동의 그 안동댁이란 것도 오늘 처음 알게 된 기다. 그동안에 우리 주막을 수많은 계집년들이 그쳐 갔고 그년들이 뭐라고 지 과거사를 털어 놓기도 했지만…… 내는 귀담아 들은 적이 별로 없었거든. 옛날일은 옛날일일 뿐이어서 알아 봤자 아무 소용없는 일이고. 그런이 내는 저 상주댁이 우리 집에 왔을 때부터 무슨 사연이 있었겠지 하고 속으로만 짐작을 하고 있었던 기다.

상주댁이 다시 방석 더미 위에 몸을 싣는다.

주모 지애야, 저 상주댁…… 네 생모 말다. 미워하거나 원망하려 들지는 마라. 옛날 일은 모르겠고…… 내가 겪어 본 저 상주댁은 비단결 같이 고운 마음씨를 가진 사람이었다. 그래서 한 평생 당하고만 살아온 여인 같았어. 어쩌다 니를 우리 집에 버리게 되었는지는 잘 모를 일이지만…… 인자 확실해졌는데 상주댁은…… 흙속에 묻히기 전에 널 한번 만나 볼 심산으로 우리 주막을 찾아 온 모양이었어.

조지애 (고개를 심하게 흔들어 보인 다음) 이상해. 고모 말이 사실 같기도 한데…… 현실감이 되살아나질 않아.

주모 (조지애에게) 간밤에 니가 우리 집에 들어설 때 저 상주댁이 쟁반을…… 떨어트릴 때부팀 내는 이상타 하는 생각을 했고…… 상주댁이 요강을 들고 설치고 매운탕 준비를 할 때부터…… 저 상주댁이 니를 낳은 여자가 틀림없다는 생각을 하게 되었던 기라. 저 상주댁은 지난 오년 동안 단지 널 기다리는 마음으로 살아왔던 거 같애.

조지애 그 말은…… 고모는 정말 나를 낳은 적이 없었단 말이 되겠지?

주모 ……. (고개를 가로 젓는다)

조지애가 상주댁 앞으로 가서 선다.

조지애 우습네요. 고모가 허튼 소리하실 분이 아닌데…… 믿을 수밖에 없겠는데…… 댁은 정말 그토록 애타게 절 기다렸던 거예요?

상주댁 (고개를 가로 저으며)…… 아입니더.

조지애 아니라고요?

상주댁 (일어나 조지애를 피하면서) 내같이 몹쓸 여편네가 무슨 어미가 될 수 있겠는교?

조지애 그 심정 전 이해할 수가 있죠. 저 소설가라 했잖아요?

상주댁 알아요. 아가씨가 소설가라는 거. 만약 아가씨가 소설 쓰는 일에서 또 뭣이 더 필요하다면 무슨 말이든지 해드릴 수는 있지만요?

조지애 …… 절 만났을 때 해주고팠던 말이 있었을 텐데요?

상주댁 (고개를 가로 저으며) 하고픈 말 같은 거 없었심더.

조지애 그냥 절 한 번 보고만 싶은 마음으로…… 기다리기만 했단 말씀인가요?

상주댁 그래요. 내는 먼빛으로 얼굴마 한 번 보고…… 말없이 헤어질 생각마 했심더.

조지애 보세요. 제 얼굴. 저 여기 서 있네요.

상주댁이 조지애의 모습을 응시한다. 이윽고 상주댁의 눈에서 눈물이 주룩 흘러내린다.

조지애가 다가가 상주댁을 포옹해 준다.

상주댁이 조지애 품에서 빠져나온다.

상주댁 성님. 지가 인자 죽을힘을 다해서락도 이야기를 쪼매마더 해야겠심더. 쟈가 소설을 쓰는데…… 도움이 될 것 같아섬더.

주모 말해 보게. 얼릉 말해 봐.

상주댁 안동댁이란 그년. 해방을 맞아갖고 둘째 남편을 고쳐

럼 험한 꼴로 여의게 되서 불쌍한 여편네가 되었지만
도…… 그년을 불쌍타 여기는 사람 하나 없었답디다. (하
다가) 아입니더. 그 동네에서는 도저히 살아남을 수가 없
게 되었답디다. 동네 사람들이 몽땅 안동댁 보기를 징그
럽고 무서운 배암 보듯 했었답디다. 시가의 대도 못 이
어준 년. 액운만 들쳐 업고 시집을 와 시댁을 다 말아묵
은 년. (사이) 별 수 없이 안동댁은 고마 죽어뻐릴 생각마
하게 되었는데…… 피붙이로 딸린 어린 딸년 하나가 (허
공을 향하며) 어린 그 딸년 때문에…… 안동댁은 또 한동
안 애마 태워야 했었답디다. 지 하나 죽는 거는 어려븐
일이 아닌데…… 어미가 되갖고 새카만 두 눈을 뜨고 세
상에서 가장 이쁜 웃음기를 머금은 그 딸년만은 도저히
어미 손으로는 죽일 수가 없었답디다. 그때 그년 머릿속
에 이 삼강 주막집의 아줌마 생각이 떠올랐답디다. 첫째
남편이 만주로 떠나던 날 안동댁도 명색만의 남편을 배
웅 한답시고 이 나루터를 찾아 왔었는데, 그때 아줌마가
"나도 애기 한번 낳아 길러 봤으면……" 하고 한숨 쉬는
소리를 우연히 듣게 되었답디다.

조지애   반전에 반전이라더니? (자작으로 동동주를 마신다)

상주댁도 술을 마신다.

상주댁   안동댁이 어린 딸년을 (대청마루 바닥을 두드리며) 여게다 내

77

버린 그날 새벽에는 자욱한 안개가 저 삼강을 포근히 뒤덮었답디다. 안동댁은 인자 죽어버릴 생각마 하면서 저 강가를 하염없이 걸어마 갔었답디다. 어디가 어딘지 알 수도 없을 만큼 걷고 또 걸어 지쳐 쓰러질 때까지. 시간이 얼마나 흘러갔는지도 몰랐는데 거기가 어느 곳인지도 몰랐는데, 안동댁이 눈을 떠보니 거기가 마음씨 좋은 어떤 농사꾼의 집 안방이어서 모진 목숨이 다시 이어지게 되었답디다.

주모 내는 업둥이로 얻은 그 갓난 계집애를 안고 천지신명한테 고마워하기도 했지만…… 내 손으로 그 아기를 도저히 키울 수가 없는 일이라 서울 오라버니한테 올려 보낼 수밖에 없었다네.

상주댁 (술 한 잔을 더 마시고) 헤헤헤. 생각하마 할수록 산다는 일이 고마 기마 막힐 일들입죠, 뭐. 허망하고 부질없는 일 같기도 하고.

주모 지애야.

조지애 응, 고모

주모 니는 소설가라서 알만도 한데…… 시방 저 상주댁이 젤 듣고 싶어 하는 말 한 마디가 무신 말이 될 거 같노?

조지애 (사이 두었다가) 엄마? (제 정신이 든 듯 상주댁을 마주 하며) 엄마!

상주댁 ……?

조지애 호호호. 비로소 먹구름이 걷힐 것도 같네요. 30여 년 간 날 휘감고 있던 먹구름들이…… 낙동강과 금천과 내성

천이 만나는 곳이 여기라더니…… 낙동강을 닮은 고모
와 내성천을 닮은 이모와 금천을 닮은 이 노처녀가 운명
처럼 만난 하룻밤 속에서 (상주댁을 향해) 엄마, 나 소설을
쓰려면 엄마 이름을 알아야 하는데 이젠 밝혀 주실 수가
있겠죠?

상주댁 성님. 지가 언제…… 지 이름이 뭐라고 말한 적이 있습
디까? 들었으마 성님은 기억하고 계실 긴데?

주모 ……. (고개를 가로 젓는다)

상주댁 (조지애를 향해) 그라마 내도…… 내 이름 같은 거는 모르겠
심더.

조지애 엄마, 소설을 쓰려면 엄마 이름을 알아야 한다니까요?

상주댁 (고개를 가로 저으며) 몰라. 모르는 걸 어떻게 말할 수가 있
어?

막.

한국 희곡 명작선 54
삼강주막에서

초판 1쇄 인쇄일   2021년 1월 10일
초판 1쇄 발행일   2021년 1월 20일

지 은 이   김영무
만 든 이   이정옥
만 든 곳   평민사
　　　　　서울시 은평구 수색로 340 〈202호〉
　　　　　전화 : 02) 375-8571
　　　　　팩스 : 02) 375-8573
　　　　　http://blog.naver.com/pyung1976
　　　　　이메일   pyung1976@naver.com
등록번호   25100-2015-000102호
ISBN　　　978-89-7115-752-7 03800
　　　　　978-89-7115-663-6 (set)
정 　 가   7,000원